1

작가의 말

인생을 살며 느낄 수 있는 기쁨 중에 '먹는 기쁨'을 빼놓을 수 있을까요?
먹고 마시고 씹고 맛을 느끼고,
여럿과 함께하기도 홀로 편안하게 즐기기도 하죠.
매일 당연하게 식사를 하지만 끝내고 나면 또 다음 식사가 기다려져요.
"오늘은 뭘 먹을까? 또 내일은?" 하며 시작되는 기대감과
첫 한 숟갈을 입에 넣을 때의 고양감,
다 먹고 난 뒤의 만족감은 항상 우리를 행복하게 합니다.

가끔 카드 결제 내역을 확인하고는 깜짝 놀랍니다.
음식이 제 소비의 대부분을 차지하고 있거든요.
그만큼 '먹는 기쁨'이 제 인생에서
커다란 만족감으로 자리하고 있는 것이겠지요.
달콤한 맛, 고소한 맛, 부드러운 맛, 심지어 쓴맛과 떫은맛, 매운맛까지…

단맛도 쓴맛과 함께할 때 더 즐거워진다는 걸 생각해보면
우리 인생도 음식과 비슷하다는 생각이 들어요.
어느 날은 달고, 어느 날은 너무 맵고, 또 어느 날은 너무 쓰죠.
하지만 그 모든 맛이 모여
우리 인생을 더 다채로운 맛으로 만들어주는 게 아닐까요?

오늘이 아이스 아메리카노처럼 썼다면,
내일은 카스텔라처럼 달콤할 거예요.
여러분의 식사 시간이 항상 즐겁고 행복하기를 바라며
먹는 인생을 살고 있는 독자분들께 이 책을 바칩니다.

홍끼 드림.

어느 민족이나 먹는 것을 중요시한다는 것에는 이견이 없지만

K-먹방의 민족은 조금 다르다.

ENG SUB) 떡볶이 먹방 tteokbokki mukbang
조회수 955,023회 2021. 0. 0

먹는 인생
구독자 2.5만명
👍 2만 👎 230

먹는 것에도 진심이지만

진짜 잘 먹는다.

덕분에 라면 먹고 싶어졌어요.

물 올리고 옵니다. ㅠㅠ

먹는 것을 보는 것까지 진심이다.

잘 먹는 것은 곧 자부심이니

매운 것을 잘 먹어요.

술을 잘 마셔요.

남들보다 많이 먹어요.

마늘을 잘 먹어요.

🍴 7 🍴

이런 문화는 시간을 거슬러
조선 시대에도 존재했다.

다블뤼 안토니오 / 조선 후기의 프랑스 선교사

많은 어머니들이
아이를 무릎에 앉히고
밥을 채워 넣는 것을 본다.
때때로 숟가락 자루로
아이의 배를 두드려보아
꽉 찼을 때 비로소
밥 먹이는 것을 중지한다.

노동하는 사람들의 일반적인
식사량은 1리터의 쌀밥으로,
이는 아주 큰 사발을 꽉 채운다.
각자가 한 사발씩을
다 먹어치워도 충분하지 않으며
계속 먹을 준비가 되어 있다.

이런 것들로 미루어보았을 때 우리가 먹는 것을 좋아하는 이유는

오랜 세월 동안 깊이 박힌 무언가 때문이라고 할 수 있겠다.

우리가 먹보인 건 조상님들 탓입니다. ^^

아침

오늘 뭐 먹지?

밤

내일 뭐 먹지?

단것을 먹으면 짠 걸 먹어줘야 하고

기름진 걸 먹으면 탄산으로 한번 씻어주고

메인 메뉴
끝내기 전에
밥 볶는 건
당연지사.

밥 두 공기
볶아주세요~

치즈 토핑
추가요!

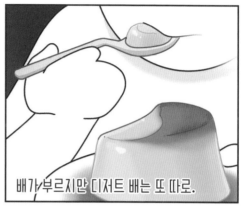

배가 부르지만 디저트 배는 또 따로.

친구와의 대화도 별반 다르지 않지.

나 저번 주말에
○○ 갔다 왔잖아

거기서 패러글라이딩도 하고
자전거도 탔는데

……

그래서 거기 뭐가 맛있음?

카똑
카똑
카똑
카똑
카똑
카똑

수많은 [먹음]의 흔적들

그래서 그려보는 우리네 인생.

아이스 아메리카노

뭐 먹지?

머

아.

????

아 진짜
뭐 먹지.

부들부들...!

커피 / ?세 / 길고 깊은 역사를 가짐.
음식 만화 첫 출연부터 음식 취급 못 받음.

먹다 x 마시다 x

어흐~

흡수시키다 O

언제부터 커피는
사회인에게
이런 취급을
받게 되었을까?

빠방 빵
**사회인을
만나다**
빠방~

안녕하세요~
오늘은 거리에 나와

사회인들에게
커피에 대해
인터뷰해볼 건데요.

안녕하세요.
거기 행인분!

예…?

지금 마시고 있는 커피
하루에 몇 잔 드시나요?

김OO / 회사원

커피요? 이게 무슨 커피야… 커피는 저 어디
이쁜 카페 가서 수다 떨면서 마시는 게 커피지…

그럼 지금 손에 들고 있는 건 뭔가요?

이거요?

어... 자양강장제인가?

그렇다. 오늘의 음식은 커피지만 커피가 아닌 현대인의 자양강장제!

아이스 아메리카노

어릴 때는 아이스 아메리카노를 마시며 걷고 있는 직장인들을 보면 왠지 유능하고 멋져 보였는데

와...

나도 아메리카노 한번 마셔볼까?

그렇게 처음 맛본 아이스 아메리카노는

(직장인처럼 마시기)

정말이지 엄청나게 썼다.

웩!

엄청 엄청 쓴
담뱃재 탄 맛…!

아아에 중독된
어른이 되었습니다.

어른들은 이런 걸
왜 먹는 거야?

으… 진짜
다신 안 먹어.

라고 생각했던 어린이는

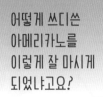

어떻게 쓰디쓴 아메리카노를 이렇게 잘 마시게 되었냐고요?

고달프기 때문이다…

삶이…

쭈와압

쯔압

하지만 이제는 그 쓴맛 안에서 향긋함을 느끼기도 한다.

처음에는 연한 아메리카노의 구수한 향이 좋았었는데

이제는 진하고 산미가 강해서

시원하게 향긋한 쪽이 더 좋네.

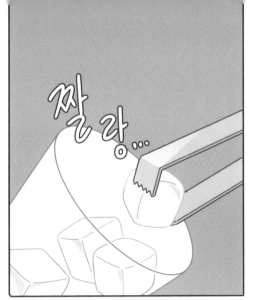

가슴이 갑갑하고 뜨거울 때면

쭈와압

크으으!!!!

이 맛에
얼죽아 합니다.

얼어 죽어도
아이스 아메리카노!

그리고 이 만화도
아이스 아메리카노가 그렸습니다.

아아 없으면
못 그리지…

-1
-1
-1
-1
+1
+1
+1
+1

가끔은 뜨아도 좋아요.

다양한 원두로 내린 커피를 마셔보고 여러분들에게 맞는 원두를 찾아보세요.

라면죽

이가 아팠다.

욱신

욱신

치과에 갔더니
의사 선생님이 말했다.

......

사랑니가 네 개네요,
죄다 누워서요!

사랑니…

사랑니는
왜 사랑니라고
부르는 걸까?

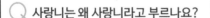

Q 사랑니는 왜 사랑니라고 부르나요?

재구 님 답변
절대신·채택 답변 수 59,928

1. 사랑을 알게 될 시기인
   17~20세 즈음 나기 때문에…

2. 원래는 살 안에 나서
   살안니였는데 살안과 사랑의
   발음이 비슷하고 사랑니의 통증이
   마치 사랑의 아픔과 같아…

사랑ㅋㅋㅋㅋㅋ
억ㅋㅋㅋㅋㅋㅋ

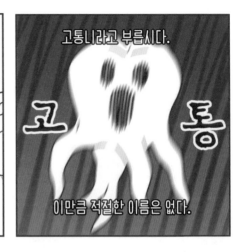

고통니라고 부릅시다.

고통

이만큼 적절한 이름은 없다.

귀여운 개미핥기에게는
개미 좀 핥았다고

핥

[개미핥기] 따위의 이름을 지어줘 놓고서는

개미핥기라고
부르자.

후에엥

사랑니에게는 뭐?
사랑???

열일곱…

야자하기
딱 좋을 나이...

고통니가 맞다.

그렇게 결국
뽑게 된 사랑니는

안 아프게
뽑아주세요.
흐어엉...

정말로
하나도
안 아팠다!!

진짜... 최고다.
앞으로 여기만
와야지...

오늘은 너무 뜨겁거나
차가운 것은 피하고
자극적이지 않은
부드러운 것만 드세요~

넵.

집으로 향하는 길.

말 진짜 안 듣네.

그렇지만 나는 다른 죽을 먹을 것이다.

부드럽고 든든한 건 라면죽!

봉지를 열기 전 라면에 스트레스 한번 풀어주고

잘 부서진 면과 스프를 끓는 물에 넣어 끓이다가

액젓 한 스푼과 밥 반 공기 투척!

계란도 하나 까 넣고

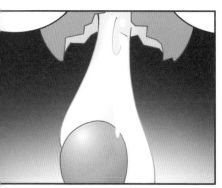

잘 풀어주면

국물이 자작해진 라면죽 완성!

그리고 그날 밤
엄청 아팠다.

 그냥 라면을 끓일 때도 액젓을 반 스푼 정도 넣으면 더 깊은 맛의 라면을 먹을 수 있어요.

밀크티

홍끼 씨는 혹시 못 먹는 거 있어요?

음… 저는

아직은 고수를 못 먹어요!

나는 못 먹는 음식을 말할 때 [아직은]이라는 말을 붙인다.

그 이유는 아직 입맛에 맞지 않는 음식이더라도

이게 이렇게 맛있었나?

헙!

나중에 맛을 들였을 때는 최고의 취향이 될 수 있기 때문!

담뱃재 맛이라고 평가했던
아이스 아메리카노는
인생의 동반자가 되었고

비리고 느끼해서 싫어했던 연어회는
월경전증후군(PMS) 기간에 먹어야 할
음식 1위.

그리고 한입 마셔보라는 친구의 말에

한입
마셔볼래?

뭔데?

마셨다가 그대로 다 뱉어 냈던
오늘의 음식 밀크티.

밀크티를 친구가 준
자판기의 캔 음료로
처음 접했던 나는

나는 이거
맛있던데 ㅋㅋ

그 맛에 충격을 받은 뒤로는

호불호 엄청
갈리긴 하더라.

28

어우…
나는 밀크티 진짜
입에 안 맞는 것 같아.

우후죽순 생기는
밀크티 프랜차이즈들을 보면서도
한 번도 다시 먹어볼 생각을
하지 못했었는데

갑자기 떠난 대만 여행에서
다시 밀크티와 마주하게 된 것이다.

대만 여행 오면
이거 꼭 먹어봐야 된대!

*코로나 전

쩐주는 진주, 나이차는 우유차라는 뜻으로

쩐주나이차

밀크티에 타피오카 알갱이가
잔뜩 들어가 있는 대만의 국민 음료다.

저번에
먹었던 건 맛이
별로였지만

여행 와서
이런 걸 안 먹어
볼 수는 없지.

하며 먹어본 밀크티의 맛은

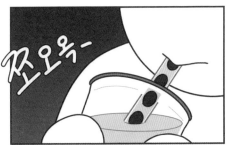

쪼오옥-

와아아아아-!

향긋한 차와 고소한 우유,
그리고 밀려오는 달콤함.
빨대로 퐁퐁퐁 올라오는
쫄깃하고 말캉한 펄까지.

이게 이렇게 맛있는 거였어?

와… 진짜 맛있다.

쪼옥

쪽!

쪽!

유당불내증도 나를 막을 수는 없는 것이고~

그렇게 나와 친구는 여행하는 니박 5일 내내 밀크티를 주야장천 먹어댔던 것이다.

여행에서 돌아온 뒤 어느 날 문득 다시 만난 그 캔 음료는

아 이거 옛날에 먹어봤던 거네?

엄청 맛없었지 ㅋㅋ

딸깍

다시 마셔보니

꿀꺽

꿀꺽

꿀꺽

놀랍게도 맛있었다!

캬아!

이후로는 애정하는 음료수가 되었음.

31

밀크티 덕에
다양한 종류의 차도
좋아하게 되었지.

우유가 들어 있지 않지만
고소한 연유 향이 나는
밀키우롱

아이스로 마시기 좋은
다양한 가향 녹차들

이렇게 맛있는 걸
싫어할 뻔하다니

입맛은 어떻게
들여놓는지가 굉장히
중요하구나.

고수가
좋아지는 날이
있다면

그건
어떤 음식 때문일지
정말 기대된다.

그래서 한번 더 이렇게 생각하는 것이다.
내가 [아직] 못 먹는 건 뭐가 있었더라?

요즘 저는 스리랑카 밀크티에 빠져 있어요.
새로운 맛의 밀크티가 먹고 싶다면 스리랑카 밀크티를 마셔보는 건 어떨까요?

급식

학교 앞을 지나가다가
하교하는 학생들을 보았는데

와…!

예전과는 다르게 굉장히 편해진
복장이 눈에 띄었다.

교복 진짜
편해 보인다!

세상
좋아졌네.

부럽..

내가 어렸을
때도

저런 교복을
입을 수 있었다면
더 좋았을 텐데.

나는 어릴 때 교복을 정말 싫어했다.
중학교에 올라가며 입기 싫었던
치마를 억지로 입게 되었는데

아 치마 입기 싫어…

언니

그냥 입으라고!

미리 신청하면 교복 바지 입어도 된대. 나 그거 신청할래.

아 진짜! 바지 입고 다니면 부끄럽다고!!!

왜 바지가 부끄러운가 했더니

여자 교복 상의는 굉장히 짧은데

치마는 허리까지 올려 입음.

치마 대신 바지를 입으면

셔츠가 이상하게 튀어나와 정말 이상한 느낌이 되긴 했었다.

(그래서 다들 치마만 입음.)

결국에는 언니의 성화에 치마를 입게 되었는데

……

교복은 왜 이렇게 불편한 걸까…?

벗

벗

팔도 안 올라가…

하복은 어깨만 좀 움직여도

단추가 다 터져버렸다.

(줄인 거 아님.)

좀 편하게 앉을라치면
무릎에 담요도
덮어야 하고

그렇지만 그렇게 불편한 교복을 입고도
전력질주해야 하는 시간이 있었으니

그건 바로 급식 시간!

요즘은 이런 메뉴까지
급식에 나오는 곳도 있다지만

케이크도 나온다고?
진짜 장난 아니네.

요즘 급식 수준
댓글 267

부럽다…

하지만 기억 속 무난하고
평범한 맛의 급식이

요즘은 가장 먹고 싶은 음식이 되었다.

수요일마다 나오는 카레나 짜장밥,
후식으로 나오는 요구르트.

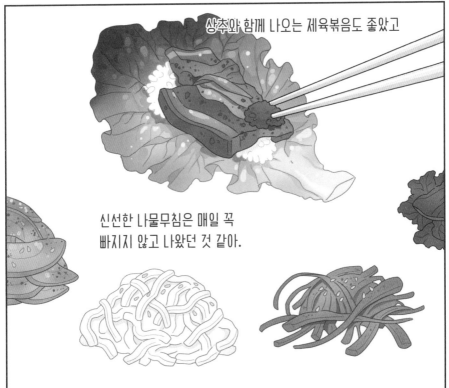

상추와 함께 나오는 제육볶음도 좋았고

신선한 나물무침은 매일 꼭
빠지지 않고 나왔던 것 같아.

소고기미역국이랑
두부조림, 닭볶음탕!

헉! 이번 주 수요일에
오므라이스 나온대!

가장 좋았던 것은
매일매일 메뉴가 바뀐다는 점!

오늘 급식
뭔지 아는 사람?

그런 생각을 하다 보면
급식실의 냄새마저 그리워지는 것이다.

따끈 따끈

물론 학교를
또 다니고 싶진
않습니다.

아… 나도 매일매일
급식 먹고 싶다~

 학교 다닐 땐 별다른 생각 없었던 급식이 어른이 되고 나니 정말 그리운 음식이 됐어요. 아~ 급식 먹고 싶다!

연어

여자들이라면 대부분 고통스러워하는 월경.

하지만 나는 월경보다 월경전증후군(PMS)이 더 괴롭다.

배란일부터 시작해서
월경 직전까지 나를 괴롭히는 PMS는

	1	2	3	4	5	6
7	8 배란일	9	10	11	12	13
14	15	16	17	18	19	20
21	22 월경 시작	23	24	25	26	27
28	29	30				

몸이 부어올라서
신발도 바지도
들어가지 않게 만들고

아랫배가 심하게 튀어나옴,
자궁과 허리 통증, 몸살,

여러 부위의 염증과 통증 심해짐 등등

정말 다양한 종류의
고통을 선사하는데

진통제야
날 살려줘.

이럴 때 굉장히 먹고 싶은 음식이 있다.

여보야 나…
…먹으러 갈래…

응 뭐라고?

연어!!!
먹으러 갈래!!!!!

오늘의 음식 연어는
회로 먹어도 맛있고
구워도 참 맛있다.

다양한 연어 요리 중에
내가 특히 좋아하는 건
연어초밥!

윤기 나는 연어초밥 위에
양파 슬라이스와
소스가 올라가 있는 것도 좋고

겉을 살짝 구워낸 연어초밥은

입에 넣으면 고소한 기름기가
부드럽게 풀어지는 느낌도 좋지.

양파가 떨어지지 않게 조심히 집어서

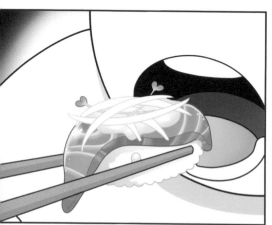

……

여보
왜 그래…!

맛있어.

아 진짜.

살짝 구운 연어는 고추냉이를 푼 간장에 찍어 먹으면

어우…

또 왜 그래!

혀에서
녹았어!

……

입에 들어가자마자
스르륵 녹는 연어 뒤로
알싸한 고추냉이가
느끼함을 씻어주고

사르르~

단촛물로 간이 잘된
밥알이 입안에 풀어지며
재료들과 어우러지는
완벽한 연어초밥의 맛!

이렇게 맛있는데
영양가도 풍부하다니

반칙이다
반칙!

PMS에는 철분을 보충하는 게
증상 완화에 좋다고 하는데

연어에는 철분이 많이 들어 있다!

그래서 여자들이 연어를
좋아하는 게 아닐까?

몸이
부족한 영양소를
찾는 거지!

먹고 싶으면
그냥 먹고 싶다고
해요.

응.

🍴 오늘 점심으로 아보카도가 들어간 하와이안 연어덮밥은 어떨까요?

짬뽕

만화를 그릴 때
아무리 좋은 소재더라도
마구잡이로 집어넣다 보면

오히려 주제를 흐려버릴 때가 있다.

완벽하게
이도 저도 아닌
느낌이 되었군.

꿀렁~

사실 이 점은 다른 일에 대입해봐도,

귀여운 것들을
모두 모은 디자인!

다른 음식에 대입해봐도 일치하는 것이다!

민트초코
파인애플 피자!

그렇지만 수많은 재료를 넣고 또 넣어도
완벽한 균형을 이뤄낸 음식이 여기 있다.

뭔가 뒤죽박죽 섞인 상황에서
우리는 이런 말을 쓴다.

완전
짬뽕됐네…

메모장

스토리 기획안

장르 – 판타지, 스릴러,
코믹, 로맨스, 액션

어느 날 트럭에 치인 주인공,
눈을 떠보니 이세계에 떨어지다.
이세계에서 사랑에 빠진 남자는
사실 배다른 남매였고…

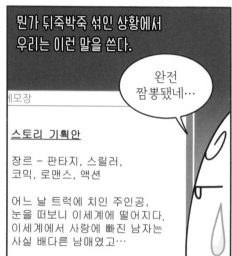

그렇지만 우리가
[짬뽕됐다]라고 말하는 상황과 달리
실제의 짬뽕은 여러 재료가 뒤섞여

최고의 조화를 이루는
맛있는 음식이라 할 수 있겠다.

중국집에서
짜장면과 함께 찾게 되는
빨간 짬뽕도 맛있지만

중국집 국룰

짜장면

짬뽕

탕수육

삼선짬뽕에는 하늘과 바다,
땅의 재료가 모두 들어간다고 하는데

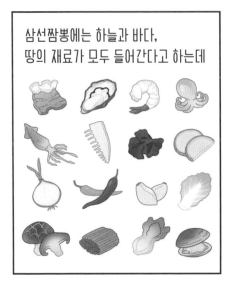

이렇게 많은 재료가 들어갔지만
신기하게도 국물 맛을 보면

후우 - 후

어떻게 이렇게
조화로운 맛이
날 수가 있을까!

하아 아-

한입 뜨는 순간 불 향을 입은
고기 국물이 묵직하게 지나가고

바로 그 뒤로 느껴지는
해물의 개운한 맛!

삼키고 나면 입안에 남는
목이버섯 향도 정말 좋지.

맛있어…!

몽글~

몽글~

물론 쫄깃한 면도 좋지만

면치기!

후루룩

후루룩

백짬뽕에 정말 어울리는 건
따끈한 쌀밥인 것 같다.

뽀오얀 국물에 밥을 잘 말고

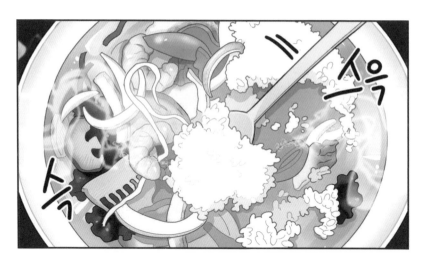

채소도 같이 듬뿍 들어 한 숟갈 크게 먹는 맛은

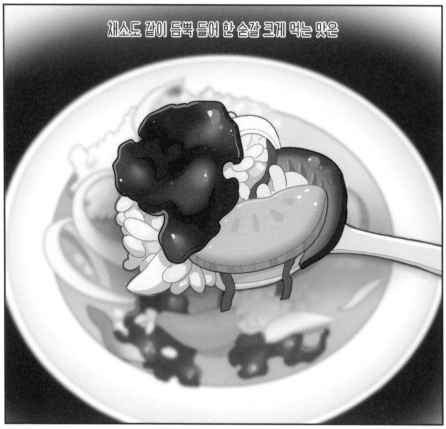

뭐라고 표현하기 어려울 정도로 맛있다…!

왜인지 호사로워.

찌 잉

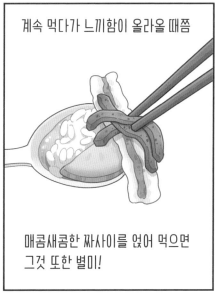

계속 먹다가 느끼함이 올라올 때쯤

매콤새콤한 짜사이를 얹어 먹으면 그것 또한 별미!

그리고
마지막 국물까지 깨끗하게 마셔주는 것이
잘 만들어진 짬뽕에 대한 예의인 것이다.

꿀꺽 꿀꺽

잘 먹었습니다!

속이 얼얼한 매운 짬뽕은 면으로, 백짬뽕의 깊은 국물 맛은 밥으로 즐겨보세요!

월남쌈

일요일의 늦은 밤, 일주일의 마무리를 하는 시간.

한 주간의 생활을 점검해본다.

음… 이번 주는 어땠더라?

마감을 제시간에 끝냄	◯
외주를 제시간에 끝냄	◯
주 4일 운동함	◯
바쁜 와중에 취미를 즐김	△
제시간에 자고 일어남	✕
카페인 섭취를 줄임	△

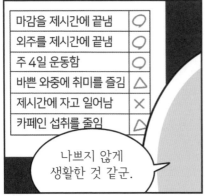

나쁘지 않게 생활한 것 같군.

그리고 마지막 체크리스트!

	△
채소를 많이 섭취함	◯

나는 채소가 많이 든
음식이 좋다.

아삭아삭한 식감에
씹으면 기분이 좋아지고

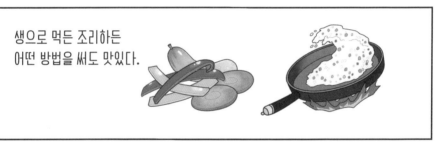

생으로 먹든 조리하든
어떤 방법을 써도 맛있다.

그렇지만
채소를 먹음으로써
가장 좋은 점은

나 똑바로
살고 있구나!

라는 생각이
든다는 것이다.

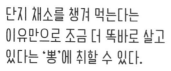

단지 채소를 챙겨 먹는다는
이유만으로 조금 더 똑바로 살고
있다는 '뽕'에 취할 수 있다.

그냥
채소를 입에 넣은
것뿐이지만

잘하고 있어
나 자신.

와삭

와삭

그리고 그게 이해가 가지 않는 동거인.

고기 넣어서
먹고 있는 거
맞아?

응!
원래 고기 조금
채소 많이 넣어야
더 맛있음.

…?

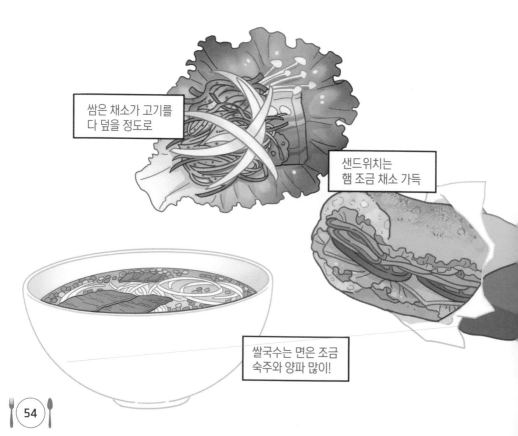

쌈은 채소가 고기를
다 덮을 정도로

샌드위치는
햄 조금 채소 가득

쌀국수는 면은 조금
숙주와 양파 많이!

그리고 채소를 많이 먹을 수 있는
음식 중 내가 가장 좋아하는 게
바로 월남쌈이다.

월남쌈은 식당에서 먹으려면 조금 비싸지만

허억…!

월남쌈 30,000원

MENU

그냥 쌀국수
먹어야겠다.

집에서 만들어 먹으면
저렴하고 간단해서 자취 시절부터
많이 먹어오던 나의 주식 중 하나다.

좋아하는 채소와 다른 부재료를 모두 채 썰어놓고

주재료인 육고기나 해산물을 양념해 볶아주기만 하면 된다.

내가 좋아하는 월남쌈 조합

불고기	버섯볶음	깻잎
단무지	사과	오이
파프리카	양상추	두부

모두 밀폐용기에 차곡차곡 담아놓은 다음 식사 때마다 큰 접시에 조금씩 덜어 놓으면 끝!

맛있겠다~!

라이스페이퍼를 따뜻한 물에 불려

접시에 올려주고

재료를 차곡차곡 쌓아서

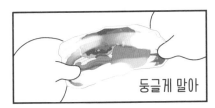

둥글게 말아

푸웅

아삭-

으음-!

땅콩도 칠리도 피시 소스도 모두 다 잘 어울려.

참 참 참

고기는 닭 가슴살로 바꾸고
소스는 피시 소스로
조금만 찍어 먹으면
다이어트 음식으로도 나쁘지 않지.

남편과 나는 좋아하는 음식이 이렇게 다른데도

치킨
피자
라면
과식하는 편

월남쌈
샤부샤부
샌드위치
소식하는 편

어째서 내장지방은 나만 붙는 걸까.

건강검진 결과

내장지방
위험

심지어 운동도
내가 더 많이 해.

건강은
타고나야 하는
건가 봐…

그래도
월남쌈은 맛있다.

월남쌈은 단무지나 파인애플 같은 상큼한 재료를 곁들일 때 가장 맛있는 것 같아요!
키위를 곁들여 먹는 것도 생각보다 맛있었습니다.

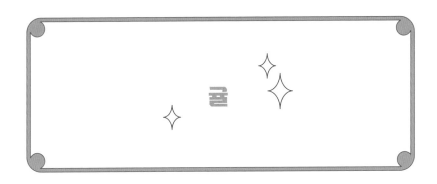

제주도 사람이라면
꼭 듣는 말이 있다.

너네 집에도
귤나무 있냐?

말 타봄?

집에 돌하르방
있음?

열받지만 솔직히 다 맞는 말이라서
할 말이 없어지는 것이다.

귤나무 있음.

돌하르방 있음.

말 탐.

쩝...

헉! 막 그러면
학교 수업 시간에 바닷가 가서
생존 훈련 받고
그러는 거 아님?

긁적

생존 훈련은
모르겠는데 임해 훈련은
하러 갑니다.

대~~박.
역시 귤국이다

제주도는 귤로
김치도 담가 먹는다고
어디서 봤는데.

귤 = 제주도

그것도
먹어봄.

그렇다. 제주도의 상징, 귤!

제주도에서는 아무도 귤을 사 먹지 않는다.

그냥 있음.

어디선가
한 콘테나씩
받아 옴.

식당에 가도 후식으로 귤을 준다.

나가실 때
귤 가져가세요~

* 제주도 식당 특징:
귤 제발 많이
가져가라고 함.

그런 제주도에서 수많은 귤 관련
음식들을 먹어봤지만 (다 맛있었음.)

귤 피자

귤 탕수육

귤 무채김치

귤 오메기떡

귤 양갱

귤만큼은 왠지 그대로 먹는 게 최고다.

60

수박은 화채로

딸기는 우유로

배는 요리할 때 다양하게 쓸 수 있고

배를 썰어 넣은
톳 된장무침

배 깍두기

사과 슬라이스를
넣은 샌드위치

사과는 샌드위치에 넣으면 맛있지.

그렇지만 귤은 반으로 쪼개고 껍질을 벗겨서 한입에 쏙!

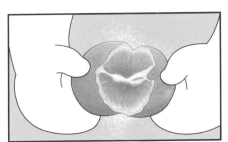

냠!

음…!

톡

톡

톡

앗 이건
엄청 시기만 해!

이건
엄청 달다.

귤은 까먹어 보기 전엔 모르는
복불복 같은 매력도 있지만

과수원 집 딸내미에게는
어림도 없는 이야기인 것이다.

크기가 작음
뒤집어 보면 껍질이 울퉁불퉁함
껍질이 얇고 단단함
=맛있음

귤 철이 지나 한참 먹지 못하다가
마트에서 발견하게 되면 반가워지는

벌써
귤 나올 때가
됐네!

요즘 많이 재배되는
신품종 귤들의 향긋하고
진한 단맛도

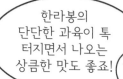

하우스 귤의 약간 밍밍하지만
상큼하고 향기로운 맛도

제철 노지 귤의 탱글탱글하고
달콤한 맛도

한라봉의
단단한 과육이 톡
터지면서 나오는
상큼한 맛도 좋죠!

뜨끈한 전기장판 위에서 먹는
냉장고에서 갓 꺼낸 시원한 귤이 아닐까!

뭐든 다 맛있는데
종류가 무슨
상관일까요.

이렇게 귤은 수많은 종류와
수많은 맛이 있는데

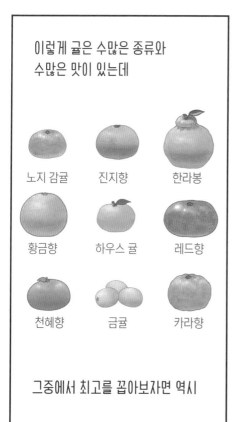

노지 감귤　　　진지향　　　한라봉

황금향　　　하우스 귤　　　레드향

천혜향　　　금귤　　　카라향

그중에서 최고를 꼽아보자면 역시

가끔은
군귤로 먹어도
맛있습니다.

따끈 달달해서
귤잼을 먹는 것
같은 맛!

그리고
귤을 열심히 먹은
제주도민은

손이 노랗게
물들어버렸다.

아니, 많이
먹은 건 맞는데

이렇게
티 내고 싶진
않았다고요.

한라봉도 노지 재배와 하우스 재배에 따라 맛이 달라집니다. 노지 재배 한라봉은 껍질이 두껍고 아주 약한
쌉쌀한 맛과 진한 향기가 나요. 하우스 재배 한라봉은 껍질이 비교적 부드럽고 달고 상큼한 맛이 두드러집니다.

닭발볶음밥

빵이나 국수를 먹고 나서
이렇게 말하는 사람들이 있다.

어우, 난
밥 안 먹으면
먹은 것 같지가
않아.

나도
밥 없으면
안 돼.

그렇다. 이 사람들은 K-한국인.

한국인들은 고마운 일이 생겼을 때도

내가 밥 한 끼
살게!

안부를 물어볼 때도

밥은 잘 먹고
지내냐?

헤어질 때까지도 언제나 밥에 진심이다.

다음에
밥 한번 먹자.

안 먹음.

한국인들이
왜 이렇게 밥을 좋아하는지
아시나요?

왜냐하면
밥이 보약이기
때문입니다.

썰렁해서
밥맛 떨어져요.

이렇게까지 밥에 진심인
한국인은 밥을 먹고 나서
디저트로 또 밥을 먹는다.

여기 밥 두 개
볶아주세요!

그리고 한국인인 내가 정말
좋아하는 게 바로

닭발
먹으러 가자!!

닭발 먹고 후식으로 먹는 볶음밥이다.

나는 맵찔이지만

어우 매워…

푸라면도, 비빔면도
매워서 잘 못 먹음.

65

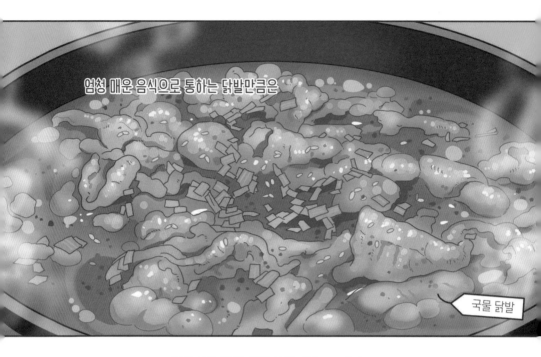

엄청 매운 음식으로 통하는 닭발만큼은

국물 닭발

볶음밥을 먹기 위해 참고 먹을 수 있다.
(볶음밥 먹으러 닭발집 오는 사람)

야들야들한 닭발을 입에 넣으면

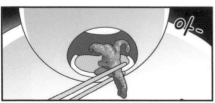

매콤달콤하고
쫄깃쫄깃!!

맛있게 매워서
참을 만하네~

(하지만 매운맛은 한 박자 쉬고 옴.)

물~~!!! 물~~!!!!!

이러면서 닭발이 먹고 싶니.

이 맛에 먹는 거임.

그래서 매운맛을 중화시켜줄
서브 메뉴를 시키게 되는데

매운 닭발과 잘 어울리는
탱글한 계란찜도,

치즈 고구마도 맛있지만

* 뜨거운 채로 입에 넣으면
  더한 지옥을 맛볼 수 있음 주의

김가루밥~!

이따가 볶음밥을 먹을 거란 걸 알고 있지만 왠지 김가루밥을 먹지 않으면 안 된다.

김가루밥에 닭발 한 점,
치킨 무까지 올려서 한입에 넣어주면

왜냐고요?

나 한국인.

음…!

너무 매워서 입안이 얼얼한데도

스트레스가 싹 내려가는 맛이야.

그렇게 하나둘씩 먹다 거의 다 먹어갈 때 즈음

여기 볶음밥 하나 주세요!

네~!

닭발 양념에 마가린 한 숟갈부터 툭.

적당히 녹으면 김가루밥을 넣어 볶아주기 시작한다.

아랫면이 약간 자작하게 눌을 때까지 기다리면

맛있는 닭발볶음밥 완성!

그대로 맛있게 먹어도 좋고

맵찔이도
반한 맛!

모차렐라치즈를 올려서
고소하고 느끼하게 먹어도 좋지.

마지막으로 볶음밥 밑에 바삭하게
눌어붙은 부분까지 긁어 먹고 나서야
닭발을 잘 먹었다-라고
할 수 있는 것이다.

이게
제일 맛있는
부분이죠.

다 먹었으면
놀란 위장을

꿀꺽

꿀꺽

쿨평화로
다스려줍시다.

캬

아!

푸드덕

푸득

그리고 다음 날 새벽까지
화장실에서 나올 수 없었다.

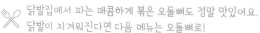

닭발집에서 파는 매콤하게 볶은 오돌뼈도 정말 맛있어요.
닭발이 지겨워진다면 다음 메뉴는 오돌뼈로!

가지

세상에는 따끈한 흰쌀밥을 노리는
수많은 밥도둑이 있다.

밥도둑계의 원조
간장 & 양념게장

통조림 햄 구이
& 맛김치

반숙 계란프라이
& 간장, 참기름

아이고, 밥도둑들이
내 밥 다 훔쳐가네!

잠깐!

걱정 마세요.
흰쌀밥은 우리가
지킵니다.

밥경찰,
드디어 왔군요…!

고사리나물

미역줄기볶음

무나물

두둥! 두둥!

그리고 오늘의 주제인
밥경찰청장 가지.

솔직히 나는 밥경찰들이 좋다.

아 이놈들
비리 경찰이었네.

내 밥
다 훔쳐가네.

쩍!

가지무침
맛있어~

흰쌀밥에 가지무침, 양념간장,
참기름 넣고 김가루 가득 올려주면

맛있는 가지무침 비빔밥으로도
먹을 수 있지.

물론
식감 때문에 호불호가
갈릴 수 있다는 건
인정합니다.

물컹하고
흐물거려요…

으윽!

혹시 가지무침 말고
다른 가지 요리
드셔보셨나요?

엑… 아뇨.
가지무침 먹어본
이후로 입에도
대본 적 없는데.

그렇다면 아직
가지를 싫어하기엔
이른 건 아닐까요!

73

사실 가지는 맛있는 채소다.
단지 보편화된 조리법이
우리의 입맛에 맞기가 힘들었을 뿐.

**가지 요리
최악의 아웃풋!**

보글

보글

내가 가지를 먹는 방법 중
가장 좋아하는 건 바로 가지튀김이다.

기름지고 고소한 것을
먹고 싶을 때 찾게 되는 텐동 위의
가지런한 가지튀김도 좋고

튀김옷을 넉넉하게 묻혀서 잘 튀겨 낸 뒤
탕수육 소스를 부어 만드는
가지탕수도 정말 좋아하는 음식!

그중 가장 맛있는 건 가지를 작게 잘라

전분가루를 묻혀 바짝 튀겨준 뒤

들깨 소스를 얹어 먹는 가지튀김!

입에 들어가면 겉 튀김옷이
파사삭! 하고 깨지며

가지가 사르르
입안에서 녹아버린다.

으아~ 여보 이거
진짜 맛있다 그치?

응. 우리 집 가서
해 먹어요.

칠리 소스에도
너무 잘 어울릴 듯.

깐풍기 소스도!

평소 가지를
싫어하시는
분들도

가지튀김을
먹어보신다면
혹시 모르죠!

나중에 가지무침도
좋아하게 될지…

그건
아닌 듯.

선 씨게
넘네.

도우 대신
가지로 요리하는

가지피자도
맛있어요.

중국식 가지 요리인 어향가지를 먹어보셨나요?
싫게만 느껴지던 가지가 제일 좋아하는 음식이 될지도 몰라요.

이슬차

어릴 적 티브이를 보다 보면

만화에 나오는 음식이
그렇게 맛있어 보였다.

저 분홍색 죽은
무슨 맛이 나길래 저렇게
맛있게 먹는 걸까.

달달한
딸기 맛?

아니지.
딸기 맛은 너무
평범하잖아.

그리고 그중 가장 먹어보고 싶은
음식이 있었으니

쩌… 쩐다.
맛있겠다…!

그건 바로 요정들이 먹는다는 이슬!

만화 속 이슬이 정말 먹고 싶었던 나는
커다란 나뭇잎을 주워다가
물을 담아서 마시는 짓을
여러 번 하곤 했었는데

세상에는
더 맛있는 것들이
많다.

멍청한
요정 녀석들.

아무리 마셔봐도
물은 물일 뿐,

어째서 요정님들은
이슬만 먹고 살 수 있는지
이해할 수 없었다.

(그래서 이런 짓도 해봤음.)

진짜 이슬은
뭔가 다른 맛이
날 거야!

찰싹

찰싹

그렇게 이슬 맛이 궁금했던 어린이는

어 시원하다!!

어른이 되어
진짜 이슬 맛을
알게 되었던 것이다!

넷, 사실
이 이슬은 전혀
아니고요.

술 전혀
못 마심.

ㅎㅎ

이슬차는 수국차, 또는 감로차라고 부르는
우리나라의 전통차다.

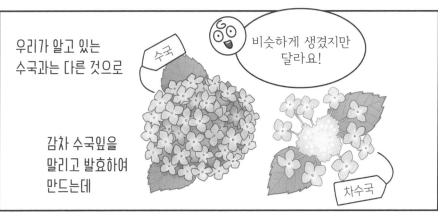

우리가 알고 있는
수국과는 다른 것으로

수국

비슷하게 생겼지만
달라요!

감차 수국잎을
말리고 발효하여
만드는데

차수국

잘 우려낸 수국 이슬차를
한입 마셔보면

호록—

왜 이름이 이슬차가 된 건지
맛과 향으로 바로 이해할 수 있다.

…!

향부터 단내가 솔솔 올라오고

혀에 닿는 순간 끈적이지 않는
산뜻한 단맛이 입안에 가득 퍼진다.

열심히 일하다 잠시 쉬고 싶을 때

사고가
멈춰간다.

단맛이
당긴다.

간밤에 미리 냉침해두었던 이슬차를 꺼내서

간식과 함께
간단한 휴식 시간을 가지면

짧지만 제대로 휴식하고 있다는
기분을 만끽할 수 있다!

달고
향긋해…

좋다…

가끔 특별한 커피가 마시고 싶을 때
연하게 내린 드립 커피에
이슬차를 섞어 마시기도 하고

이슬—

커피!

과일 향이 나는 종류의 차와
같이 우려내어 마셔도 좋지.

비유해보자면 나비가
앉았다 갈 것 같은
맛이라고 할 수
있겠습니다.

그리고
가장 좋은 점은
당 흡수가
거의 되지
않는다는 것!

너 정말 좋은
녀석이구나.

감동!

여러분도 오늘
쉬는 시간을

이슬차와
함께 해보시는 게
어떨까요?

저는 실버문티와 이슬차를 섞어서 냉침해 마시는 걸 정말 좋아해요. 여러분도 한번 도전해보세요! 🍴

샤부샤부

건강한 식단에 관심이 많은 나.

왜 관심이 많냐고요?

이미 건강을 조졌기 때문이다…

가지 마! 나 아직 20대라고!!

건강

흑흑

흑

우리 행복했잖아.

사람은 잃고 나서야 깨닫는다.

내 위장아… 야밤에 먹고 바로 자서 미안해…

내 척추야… 아프기 전에 더 잘해줄걸…

전으로 돌아와줄 순 없을까…?

짠

싹

그래 미안…

화가 난 척추를 달래주기 위해

필라테스 후 반신욕을 해준다.

돈 벌다가 나빠진 척추를

돈 써서 고치는 마법.

싸아아

그리고 반신욕을 하고 있자면 생각나는 음식이 있다.

햐아아.

샤부샤부가 된 기분이네.

샤부샤부는 맛있고 건강에도 좋은 음식이다.

맑은 육수를 끓여

단맛이 나는 배추, 청경채, 파, 미나리, 숙주, 버섯 등등 맛있는 채소를 잔뜩 넣어준다.

그리고 고기를 집어 푹 담가준다.

제주도에서는 돼지고기 샤부샤부!

잠깐 기다림의 시간이 지나면

맛있겠다~!!!

달달하고 새콤한 간장 양념장도 좋고

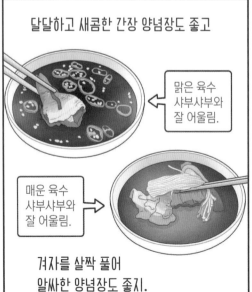

맑은 육수 샤부샤부와 잘 어울림.

매운 육수 샤부샤부와 잘 어울림.

겨자를 살짝 풀어 알싸한 양념장도 좋지.

달콤하고 부드러운 배추로 고기를 감싸 한입에 먹는 맛!

아-

샤부샤부는 왠지 배추가 없으면 안 돼.

고기도 채소들도
모두 연하고
부들부들해서

입안에서
사르르 녹아.

고기와 채소가
푹 익어서 나오는
국물의 맛도

달짝지근하고
담백해서 좋네.

고기를 조금씩 넣어
기다려가며 익혀 먹으니까

천천히 먹게 돼서
왠지 건강에 더 좋은
느낌이야!

마주 보고
얘기할 시간도
많고요~

그리고 여기서부터는
건강에 좋지 않다.

척!

(면 넣기)

샤부샤부는
칼국수 먹으러
오는 거지~

85

보글보글 끓여서 덜어 낸 칼국수 위로
양념장 살짝.

맛있어~!!!

한입 먹으면 마음이
뜨끈하고 온화해지는 게

정신 건강에
좋은 것 같으니까
괜찮지 않을까.

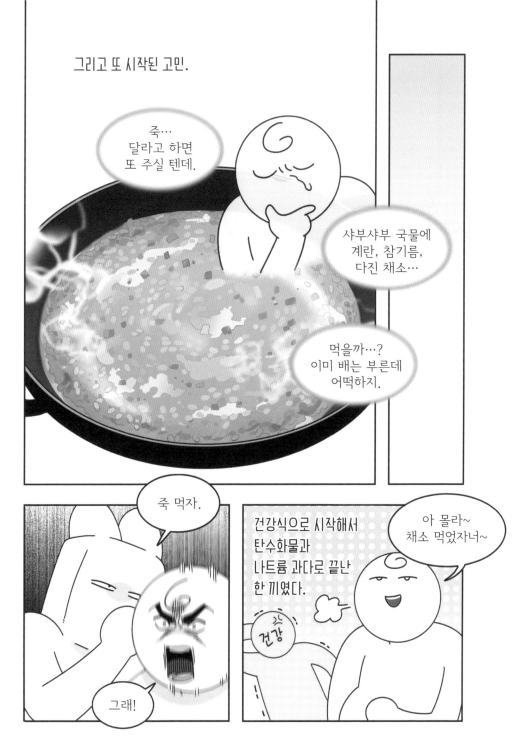

그리고 또 시작된 고민.

죽…
달라고 하면
또 주실 텐데.

샤부샤부 국물에
계란, 참기름,
다진 채소…

먹을까…?
이미 배는 부른데
어떡하지.

죽 먹자.

그래!

건강식으로 시작해서
탄수화물과
나트륨 과다로 끝난
한 끼였다.

건강

아 몰라~
채소 먹었자녀~

괜히 속도 쓰리고 날도 추워서 몸이 얼어붙은 날에는
가족들과 함께 따끈한 샤부샤부를 먹으며 쓰린 속도, 얼어붙은 몸도 녹여봐요.

떡볶이

유난히 어떤 음식이 당기는 날이 있다.

비 온다…
파전 당기네.

눈 오네.
호빵 먹을까?

그리고 떡볶이가 당기는 날도 있지.

떡볶이!

언제 당기냐고
물으신다면

항상입니다.

이유는 필요 없다.
난 떡볶이가
매일 먹고 싶어.

'살찌고 싶다면
떡볶이를 먹어라'라는
말이 있습니다.

떡볶이는?

고칼로리.

칼로리는?

맛의 단위.

맛있는 건…?

떡볶이=고칼로리=맛있다

이것이 내가
떡볶이를 참을 수 없는 이유다.

정말
참을 수 없어.

엄마, 떡볶이 사 먹게
15,000원만 주세요.

라고 말해야 하는 요즘 떡볶이는
솔직히 너무 맛있다.

뭐? 로제??
미쳤네…

맛있어서
눈물 남.

그래도 내 마음속 1위는 역시
학교 앞 분식집 떡볶이!

너무 맵지 않은 적당히 매콤한 맛에
넓게 썬 얇은 어묵, 간간이 보이는 파.

이쑤시개로 하나씩
찍어 먹는 맛이
있었죠.

떡볶이를 한 접시 시키면 얹어주는
삶은 계란을 으깨서
양념과 섞어 먹는 것도 좋았고

튀김을 시켜
떡볶이 국물을 부어달라고 하면
꼭 국물과 함께 떡 두 개를
얹어주던 것도 좋았던 추억!

쫀득쫀득한
쌀떡볶이

좀 더 부드럽고
양념이 잘 밴
밀떡볶이!

쌀떡볶이도
밀떡볶이도
각자 다른 느낌으로
맛있지만

최고는 가래떡 떡볶이였던 것 같다.
하지만 가래떡 떡볶이는
찾기 쉽지 않지.

누군가
우리 동네에서
가래떡 떡볶이
팔아줬으면…

그래서 가끔은 그 맛을 떠올려
직접 집에서 만들어보게 되는 것이다.

집에서 해 먹는
떡볶이는

맛없을 수가
없는 것 같아.

내가 좋아하는
재료만 넣음.

알맞은 맵기

내 입에
딱 맞춘 간

집 떡볶이 특유의
꾸덕꾸덕함

맛있어서 과식하게
된다는 점이
참 너무한 듯.

다 됐다~!

튀김이랑 순대도
같이 먹으려고
사 왔어요!

차돌박이와 파, 떡을
한 젓가락에 집어서

아-

합!

스트레스가
날아가는 맛이야.

하 아
아...

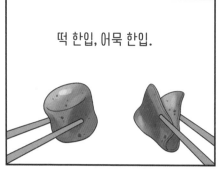

떡 한입, 어묵 한입.

튀김은 양념을 푹 찍고 파도 올려서
크게 한입.

떡볶이에는
채소튀김이
최고지…

난
오징어 튀김!

조금 매워질 땐 소금을 살짝 찍은
순대의 기름기로 입안을 진정시켜준다.

맛있어…!

어째서 떡볶이는
하나만 먹을 수 없게
이렇게나 꿀 조합이
많은 걸까.

말이김밥이랑
핫도그도 같이 먹으면
맛있는데…

떡볶이도 참을 수 없었지만
과식도 참을 수 없었던 식사였다.

배불러…

저는 차돌박이와 통오징어튀김이 올라간 떡볶이를 정말로 좋아해요! 여러분은 특별히 좋아하는 토핑이 있나요?

케이크

남편을 만나기 전
모태솔로였던 나는

연말 크리스마스에 거리를 가득 메운
커플들을 보면

속이 쓰렸다.

예쁜 사랑
하세요.

근데
열받네.

하지만 실제로 커플이 되어서
크리스마스 당일 밖에 나가보니

카페
자리 없음

음식점
자리 없음

영화
매진됨

거리
추움

우리 앞으로
크리스마스
하지 맙시다…

끄덕…

연말에는
따뜻한 집 안에 있는 게
안전하다는 걸
깨닫게 된 것이다.

어째서 크리스마스라는 이유로
밖에 나가 놀아야 하는 걸까.

강추위와 빙판

너무 많은 사람
+코시국

추울 땐 집에 있어야 한다.

그런 나에게 연말이란
평소에는 커다란 크기가
부담스러워서 조각 케이크만 먹지만

냠

냠

홀 케이크를 사서 숟가락으로
퍼먹을 수 있는 날!

연말이니까
케이크는 큰 거
사야지.

밤 치즈

블루베리 요거트

감자

망고

케이크는 다양한
맛과 종류가 있지만

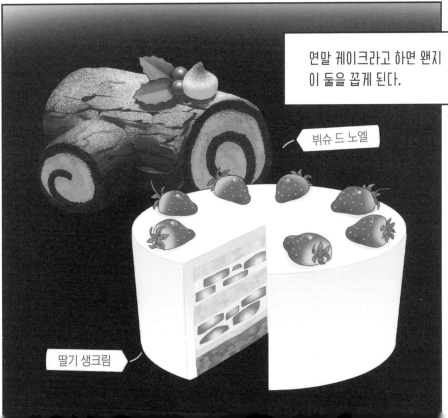

연말 케이크라고 하면 왠지
이 둘을 꼽게 된다.

뷔슈 드 노엘

딸기 생크림

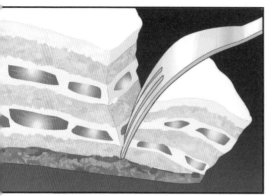

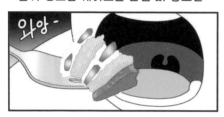

딸기 생크림 케이크를 한입 떠 넣으면

달콤한 생크림이
혀에서 사르르 녹아내리고

보송송한 케이크 시트의
부드러운 맛과

크림의 느끼함을 싹 잡아주는
상큼한 딸기의 조화!

모양만 봐도
연말 느낌이 물씬 나는
뷔슈 드 노엘을

모양이
망가지는 게
좀 아쉽네.

그래 봤자
다 먹을 거지만.

혀가 얼얼해질 정도로
달고 진한 초코 맛이
입안에서 녹아내려.

한입 크게 떠서 넣으면

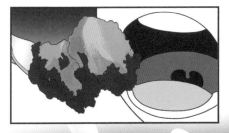

디저트를 좋아하면서도
너무 달지 않은 디저트만
찾는 나지만

초코 케이크만큼은
쓸쓸한 아메리카노와
함께라면 달아도
괜찮아.

케이크를 먹다 보면 입안에 남는 기름기를
따뜻하고 쌉싸름한 아메리카노가 씻어 내려준다.

케이크 한입, 아메리카노 한입.
다시 케이크 한입.

한 조각씩 예쁘게 먹었다면

이제 숟가락을 꺼내야 합니다.

여보 단 음식 끊는다면서요?

연말이잖아.

단거 끊는 거랑 연말이랑 뭔 상관...

아~ 연말이라고~ 케이크 먹어야 된다고~

어떤 음식을 먹어야 하는 날이 있다는 건 참 좋다.

그런고로 떡볶이를 먹어야 하는 날과

마라탕을 먹어야 하는 날도 생겨나야 합니다.

곧 오는 내 생일은 고구마 케이크를 먹어야 하는 날로 정하자!

여보 생일은 얼그레이 시폰케이크를 먹어야 하는 날!

나는 케이크 먹기 전에 피자와 통닭도 먹을래.

개한테는 살쪘다고 다이어트하라더니

개 같네...

집사가 미워지는 개들이었다.

저는 딸기가 가득 든 바닐라크림 케이크와 요거트 생크림, 초코 치즈케이크를 정말 좋아해요. 아이스 아메리카노만 있다면 하루 종일 먹을 수 있을지도!

커스터드 크림 만주

맛있는 음식은
그냥 먹어도 맛있지만
더 맛있게 먹는 방법들이 있다.

요거트 뚜껑 핥기

라면 뚜껑으로
컵 만들어 먹기

끼리면

샐러드
다이어트 안 할 때 먹기

냉커피
목욕탕에서 마시기

그리고 옆 사람이 먹는 걸 보고

와…
냄새 뭐야.

따라 사 먹을 때가 제일 맛있는 오늘의 음식!

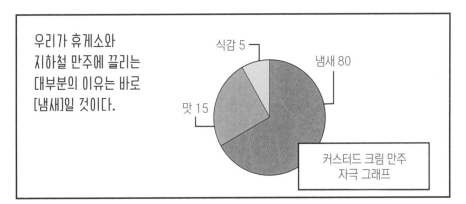

우리가 휴게소와
지하철 만주에 끌리는
대부분의 이유는 바로
[냄새]일 것이다.

식감 5

냄새 80

맛 15

커스터드 크림 만주
자극 그래프

커스터드 크림 만주는 사기 전
이런 생각도 든다.

하지만 남이 먹는 걸 보면 유혹적인 냄새를
참을 수 없게 돼버리는 것이다.

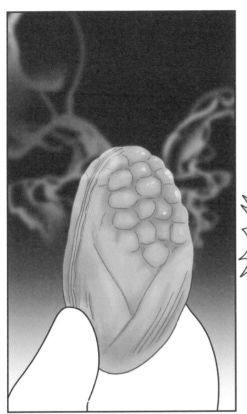

합!

앗 뜨뜨!!!
와앗 뜨거!!

입천장
다 델 뻔했네.

커스터드 크림 만주를 미지근하게
더 식혀서 먹으면 되지만

이렇게 겉만
호호 불어서-

음~ 맛있

2차 커스터드
크림 공격!

식혀 먹으면
맛 없어요.

입천장 다 데어가며
먹는 게 국룰임.

푹신한 빵 사이로 터져 나오는
뜨거운 커스터드 크림의 달콤한 맛은

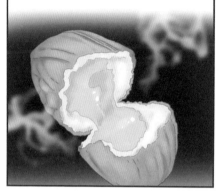

비유해보자면 한겨울 버스터미널 앞
기다림의 맛이랄까.

비슷한 느낌으로 좀 더
고소한 냄새가 풍기는
땅콩빵도 맛있고

붕어빵이랑 비슷하지만
한입에 쏙쏙 들어가는
국화빵도 좋지.

맛 중의 맛은
팥 맛!

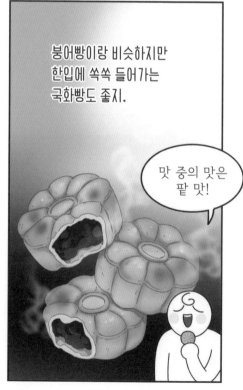

편의점에서 산
따끈한 두유도 같이 있다면
금상첨화!

커피와 같이 먹어도 좋지만
고소한 두유의 맛이
커스터드 크림 만주에는
딱 잘 어울려.

꼭 따끈한
두유여야 함!

끼두유
고소한 맛

추위를 많이 타서
겨울을 정말 싫어하는 나지만

겨울 이름
겨어어어어울로
바꿔야 됨.

사계절이 뚜렷한 나라 X
여름과 겨울이 뚜렷한 나라 O

품속 3,000원의 계절이라고 생각하면
추운 겨울이 나쁘지 않을지도!

… 만주
먹을까…?

제주도에 사는 지금도 지하철을 생각하면 따끈한 만주 냄새가 떠올라요.
자주 가던 역에 맛있는 만주를 팔았었거든요! 지금도 있을지 궁금하네요.

찹쌀 꽈배기

부스럭...

쩝쩝

끼익...

아 그만 먹고 싶은데…

오물

오물

아 진짜 그만 먹고 싶다~ 어떡하지.

쪼옥

그만 먹는 거 어떻게 하는 거더라.

냠냠냠

…

그냥 그만 먹으면 되는 거 아님?

그니까 그게 안 되고 있습니다…

아 뭐야. 꽈배기 혼자만 먹냐?

이리 내!

멈출 수 없는 오늘의 음식 찹쌀 꽈배기.

꽈배기집
또 새로 생겼네?

요즘 꽈배기집
진짜 많이 보이는 것 같아요.

어느 날 길을 지나가다가
우연히 꽈배기집을
보게 된 것이다.

할머니가 꽈배기
좋아하시는데

이참에
좀 사 갈까?

라고 말하며 생각했던 꽈배기는
이런 것이었다.

적당히 기름진,
설탕을 잔뜩 묻힌
옛날 꽈배기

카스텔라
꽈배기

하지만 막상 꽈배기를 사러
가게에 들어가보니

어어…?

내가 알던 꽈배기와는
뭔가 달라 보이는 것이었다.

내가 알고 있던
꽈배기의 모양

요즈음의
꽈배기

그렇게 종이 봉투 한가득 꽈배기를 사서
차에 올랐는데

할머니가
좋아하시겠다.

튀긴 빵인데도
기름 쩐내가 하나도
안 나네...

평소 기름 냄새 때문에
꽈배기를 잘 먹지 않았음.

한 개만
나눠 먹어볼까?

응!

겉은 파삭거리고
속은 씹자마자
사르르 녹아…

짜아 악-

그리고 녹는 와중에
또 쫀득해…

할머니 드릴 꽈배기
어디 갔지?!

그러게?!

또 오셨네요?

꽈배기랑
단팥 도넛, 핫도그,
고로케도 주세요.

할머니 꺼

결국 털어버린 꽈배기 가게

소시지를 감싼 빵에서
꽈배기 맛이 나니까
더 쫀득하고 맛있어…

달콤하고 고소한
꽈배기 빵 안에

짭짤한 고기와
김치 속이 너무
잘 어울려…

단팥 도넛은
근본이지…

맛있는 걸
찾는다는 건 너무
행복한 일이야.

그렇게 나는
꽈배기 중독자가 되었다.

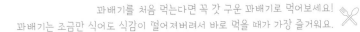

아이스크림

매운 음식을 먹었다.

맛있었다.

(누가 봐도 편의점 가는 사람들)

크큭. 쓰린 속을 완전히 잠재워주마.

어기적

어기적

오늘은 무슨 맛 먹지?

근데 속 쓰려…

속 풀러 ㄱ?

ㄱㄱ

히야아~!

아이스크림은 맛있다.

하지만 내가 좋아하는 맛이
이런 느낌이라면

고소하면서도
은은한 단맛이
느껴지고

끝에 느껴지는
산미가 좋네.

은

은~

아이스크림은 이런 느낌.

빨리
맛있어하라고!

맛있으라고!
맛있으라고!!

알았어, 아 잠깐.
너무 맛있으니까
그만해주라!

퍽
퍽
퍽
퍽

그래서 약간 부담스러울 때도 있다.

내가…

부담…?

근데 이제 구수함을 곁들인.

굿~

콩 팥 흑임자 쑥

여보는 이런 거 제일 좋아하죠? 할미 입맛ㅋㅋㅋ

할미 입맛이라니요? 근-본입니다.

그렇게 아이스크림을 잔뜩 사서 집으로 돌아가는 길.

여보는 왜 안 먹어?

ㅎㅎ

집 가서 더 맛있게 먹을 거야.

바닐라 아이스크림은 기본 중에 기본이라

다른 맛을 첨가해도 모두 잘 어울려서 맛있게 먹을 수 있지.

사아

악

바닐라 아이스크림을 그릇에 옮겨 담고
단팥을 크게 한 스푼, 그리고 그 위에
흑임자가루를 듬뿍 얹어준다.

솔직히 팥 아이스크림
좋아하는 사람들은 이렇게 생각할 때가
많을 것이다.

여기에 그 정답이 있다.

캬

작

퍼먹는 부드러운
소프트 팥 아이스크림
나왔으면 좋겠다…

너무 딱딱하고
이 시려…!

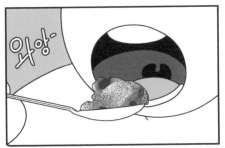

와앙-

내가 아는 아이스크림 중 제일 맛있어…!

그리고 또 내가 좋아하는 붕어 아이스크림도 맛있게 먹는 방법이 있다.

과자 부분 한쪽 면을 잠시 떼어주고…

흑임자가루 투척! (당연)

그리고 <u>짭짤한</u> 캐러멜 아몬드를 부숴서

펙 펙 펙!

가득 뿌려준다.

솔 솔

이제 과자 뚜껑을 다시 덮어 한입 베어 물면

눅눅한
붕어 과자 안에서
아몬드가 바삭한 식감을
만들어주고

바삭…

아이스크림의 단맛과
캐러멜 아몬드의 짠맛이
너무 잘 어울려…

와… 여보
정말…

감
동…

그치?
엄청나지?

여러분도
집에 있는
재료로…

꼭 해 먹어보시길
바랍니다…

집에 그런 재료가
왜 있냐고요?

그렇게 집에는 할미 입맛 재료들이
늘어나고 있습니다.

맛있는 음식은 좀 더
맛있게 먹기 위해

노력할 필요가
있기 때문이다…!

맛있음 → 든든 → 행복

콩가루 단호박
가루 흑임자
가루 단팥

호두
분태 녹차
가루 계피
가루 생강청

행복…

붕어 아이스크림을 저렇게 먹으면 정말 맛있는데 대부분 귀찮아서 따라 하기
어려울 거라고 생각하니 아쉬워요. 붕어 아이스크림을 좋아하신다면 꼭 도전해보세요!

고등어구이

요즈음은 다들 흔하게
혼밥을 하는 분위기지만

혼밥=혼자 밥 먹기

몇 년 전만 해도 혼밥을 부끄럽고
이상하게 보는 시선이 있었다.

같이
먹을 사람도
없나 봐.

쟤 혼자
밥 먹어.

헉... 같이
먹어줄까?

컥!

내가 내 밥
먹겠다는데
뭔…????

이해 불가

조용하고 차분하게, 음식의 맛을
하나하나 오롯이 느끼며 하는 혼밥도
내가 정말 좋아하는 식사 중 하나다.

물론 여럿이서 먹는 시끌시끌하고 따뜻한
분위기의 식사도 좋지만

혼자서 천천히
음식을 입안에 넣고
오물오물 씹어서
어떤 맛들이
입안을 훑고 지나가는지
느껴보는 것이다.

오래 씹으면
씹을수록 단맛이
은은하게 나네.

소스에서 나는
이 향은 뭐지?

그리고 내가 혼밥할 때
가장 좋아했던 메뉴였던 고등어구이.

오늘도
고등어구이 정식
하나 주세요!

식당에 가서 고등어구이 정식을
하나 시키면 반찬 몇 가지와 국,
그리고 마지막으로

잘 구워져 바자작하는 소리가 여전히 나고 있는
고등어구이가 나온다.

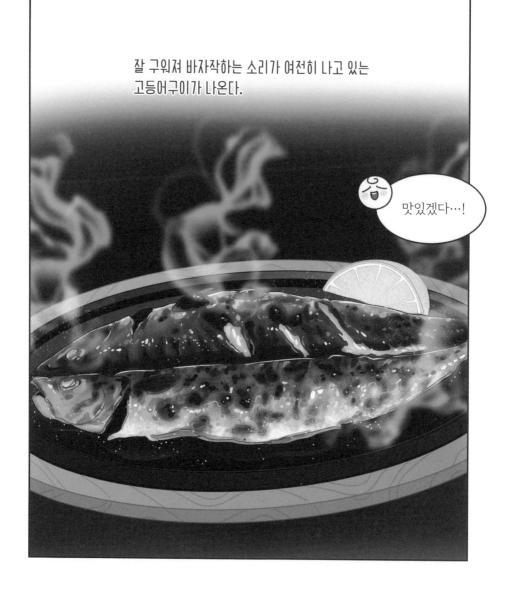

맛있겠다…!

우선은 고등어를 반으로 가르고

이쪽부터
먹어볼까?

레몬즙을 잘 뿌려주는 것이다.

그냥 레몬즙을 살짝 뿌려주는 거지만

왠지 경건해지는 느낌은 뭘까.

열심히 먹어야 할 것 같은 기분…

이 드는 건 왜일까?

처음엔 등쪽 살을 크게 한 점 젓가락으로 집어 그대로 한입 먹어본다.

와앙-

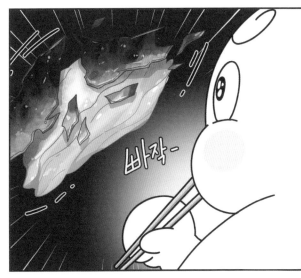

빠작-

껍질이 입안에서 빠자작 하고 부서지고
껍질과 고등어 살 사이에서
짜아악 하고 나오는 기름기가
짭짤한 소금기와 함께 입안에 퍼져 나간다.

이렇게 첫입을 끝냈다면
그다음부터는 따끈한
흰쌀밥에 올려서도 한입,

고추냉이 간장에 찍어서
기름진 고등어구이와 고추냉이 향의
조화를 느껴보기도 하고

기름이 느끼하게
느껴질 때 즈음

고추냉이가
입안을 화하게
만들어주네.

고등어구이를 쌀밥에 올려
김으로 잘 싸준 뒤

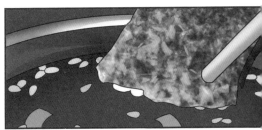
양념간장에 찍어서 한입에 쏙!

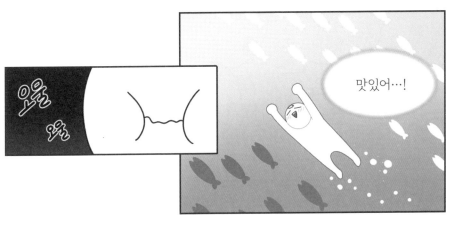
맛있어…!

국은 기름진 고등어와 함께니
깔끔하고 칼칼한 김치콩나물국 정도가 좋다.

그게 아니면 구수한 배추된장국이나
깔끔한 미역국도 좋지.

집밥 같은
익숙하고 푸근한
반찬들도 맛있어…

하아아…
배부르다.

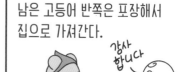

남은 고등어 반쪽은 포장해서
집으로 가져간다.

감사
합니다

이건 이따 저녁에
어떻게 먹어볼까?

혼자 밥을 먹는다는 걸
눈치 볼 필요가
뭐가 있겠는가.

혼밥은 이렇게 즐거운걸!

여러분도 맛있는
혼밥 하세요!

 이상하게 혼밥을 할 땐 생선구이가 끌리더라고요!
혼자서 고등어 살을 야금야금 발라 먹는 그 시간이 꽤나 기분 좋아요:D

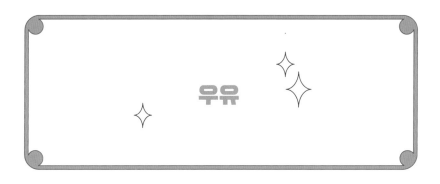

우유

나는 우유가 좋다.
초코우유도, 딸기우유도,
바나나우유도 있지만

역시 가장 좋아하는 건 흰 우유!

하지만 좋아한다고 해서 어디서나
마실 수는 없는 것이다.

우유
마실래?

아니…
괜찮아.

부릉

나 유당불내증
있어서

아…

여기서 배탈 나면
죽을지도…

이를 뼈저리게 느낀 것은
약 5년 전… 수오수와의
중국 패키지여행에서다.

와 언니 이거 봐!
중국에서는 요거트를
뜨겁게 해서 판다!

헤엑!

맛은 그냥 요거트네…
근데 따뜻하다는 것이
조금 어색한 느낌.

신기함에 취해 잊고 있다가
생각나버린 유당불내증.

매일 작업실 생활뿐이라
유당불내증 신경 안 쓰고
먹던 버릇 때문에

홍끼
유당불내증
아님?

먹고
배탈 나면 됨.

여행 왔는데도
무심코 먹어버렸다…!

괜찮아…
설마 이거 먹었다고
큰일이야
나겠어…?

큰일이 났다.

가이드님…

?

부릉…

혹시 화장실 언제 나오나요…

아… 화장실…

화장실 가려면 한 시간 반은 걸릴 텐데?

충격적

내릴 수 있는 곳이 없어요!

그렇게 한 시간 반이라는 시간을 어찌어찌 참아내게 된 것이다.

아가씨 괜찮아?

네…니요.

내가 생각해도 정말 한계까지의 힘을 짜냈던 것 같음.

우지끈!

콰광

꽝!

…

끼익

잠시…
실례하겠습니다!

아가씨
달려!

포기하지
말라고!

화장실!!!
화장실 어딥니까.

저리 비켜!
이 아가씨는 화장실을
한 시간 넘게
참았다고!!

그렇게 패키지여행에서 만난 어르신들은
내가 화장실에 들어가기까지
굉장한 도움을 주셨다.

감사합니다… 근데
그만둬주셨으면…

그 후로는 우유를 좋아하지만

왠지 우유에 손을 대기가 어려워졌었는데

스쳐 지나간다
그때의 기억…

유당불내증을 가진 사람들을 위한
우유가 나온 것이다!

야~ 세상
좋아졌다~

꿀꺽   꿀꺽

락토프리
우유

오랜만에 마셔서 그런가
왜 전보다 더 맛있지?

??? ????

흰 우유인데 조금
달콤한 느낌…?

캬아~

락토프리 우유는
유당을 분해하는 과정에서
우유가 달아진다고 한다.

그래서 요즘은
다양한 맛의 우유를 만들어 먹고 있다.

배탈이
나지 않는 것도
좋은데

달콤!

더 맛있어…!

딸기를 으깨서 꿀을 섞어 만드는
생딸기우유와

고구마우유

바나나우유

단팥라테

그리고 내가 가장 좋아하는
레드키위우유!

키위와
우유의 만남이라
이상하다고
느껴질지도 모르지만

레드키위는
키위 특유의 화한 맛과 신맛이 없어서
우유와 정말 잘 어울린다.

키위계의
망고랄까요.

만드는 방법은
딸기우유를 만들 듯이 키위를 으깨주고

꿀을 적당량 넣어
우유와 함께 섞어준다.

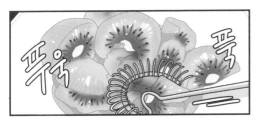

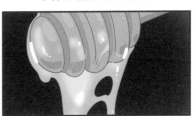

짜잔!

레드키위우유는
처음 먹어봐요!

…!

되게 맛있고
약간 특이한
딸기우유 같네!

그쵸?

딸기우유의
좀 색다르고 맛있는
버전!

라고 말하며 집을 나섰는데

키위를 많이 먹어도
배탈이 난다는 것을 간과해버렸다.

키위는 그냥 먹어도 변비에 큰 도움이 되는데 우유와 함께 먹으니까 엄청난 일이…!
여러분도 필요하다면 도전해보세요. 관장라떼보다 좋을지도…

소금빵

연애 시절 자주 듣던 말이 있었다.

지금이야 서로 설레기도 하고 좋아 죽지.

결혼하면 다 의리로 사는 거야~

나중에는 그냥 편한 친구야, 친구!

결혼은 현실이다?

...

나는 그 말이 조금 슬프게 들렸다.

하지만
실제로 결혼을
하고 나서 보니

설렘이라는 감정이 아주 보잘것없게 느껴질 정도로

편안함과 안정감은 큰 행복이자 사랑이구나.

친구가 된다는 것은 정말로 가장 친한 친구가 되어서

무엇을 하든 함께 즐거울 수 있다는 뜻이었구나.

우리는 언제나 자극적인 것을 찾지만 결국 편안함으로 다시 돌아온다.

에구 피곤하다.

힘들었어…

그리고 음식도 그렇다.
맛있고 자극적인 빵들은 많지만
먹다 보면 물리기 마련이다.

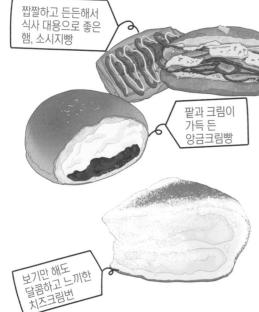

짭짤하고 든든해서 식사 대용으로 좋은 햄, 소시지빵

팥과 크림이 가득 든 앙금크림빵

보기만 해도 달콤하고 느끼한 치즈크림번

냠냠

냠

윽… 더 이상 못 먹겠어. 느글거려…

하지만 편안하고 담백한 빵은 어떤가?
버터의 풍미가 고소하게 느껴지며
짭조름한 소금의 맛이 입안에 맴도는
소금빵은

그 맛처럼
참 평범하고 튀지 않게 생겼다.

그렇지만 그 담백함만큼
중독성 있는 맛도 또 없지.

만드는 곳에 따라 겉이 바게트처럼 바삭한 소금빵과
겉도 속도 부드럽고 촉촉한 소금빵이 있는데

나는 전자를 조금 더 좋아한다!

물론 소금빵은
뭐든 좋지만

겉은 바삭
속은 촉촉 두 가지
식감이 같이 느껴
지는 게 더 재밌단
말이지.

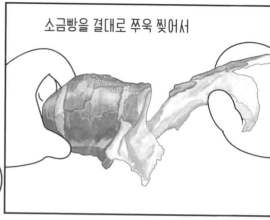

소금빵을 결대로 쭈욱 찢어서

파삭-

바삭한
겉 부분 먼저
맛본다.

바삭한 식감과 삼삼한 맛,
소금 알갱이가 알알이 녹으며
짭조름한 맛이
입안에서 뒤섞인다.

오물

오물

약간 질기게도
느껴지는 겉 부분의
씹는 맛이 좋아.

겉을 맛봤다면 부드러운 속 부분도
쭉 찢어서 입에 넣어본다.

부드러운
식감이 느껴지고

씹을수록
짭조름한 버터가 촉촉한
빵에서 새어 나와…

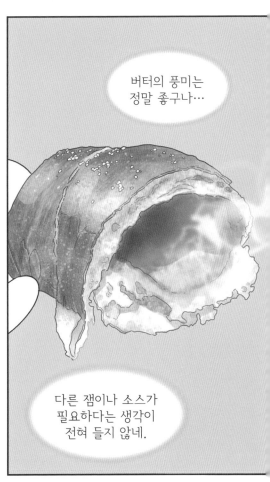

버터의 풍미는
정말 좋구나…

다른 잼이나 소스가
필요하다는 생각이
전혀 들지 않네.

소금빵은 그대로 커피와 함께 먹어도 좋지만

바다 향이 느껴지는
따뜻한 클램차우더 수프와 함께 먹으면
한끼 식사로도 손색이 없다.

따끈하고
좋다…!

수프에 찍어서
먹는 것도 너무
잘 어울려요.

이렇게 먹으니까
정말 든든하네.

같이 먹으니까
더 좋아요,
그렇죠?

한입…
한입만…

아~ 맛있었다.

속이
따끈따끈
해졌어요.

…

소금빵 하나로도
따끈해질 수 있는
겨울이었던 것이다.

열받아서
개 마음도 따끈…

🍴 시간이 지날수록 삼삼한 맛에 끌려요. 다른 맛을 추가로 넣지 않은 뻑뻑한 스콘과
   그냥 뜯어 먹는 통식빵, 그리고 삼삼하고 짭짤한 소금빵처럼요.

치킨

어린 적 특별한 날에 먹는
음식이라고 하면 단연코
양념 반 프라이드 반 치킨이었다.

후라이드치킨

양념통닭

하지만 어릴 적의 나는 아주 기묘한
입맛을 가지고 있었는데

치킨
사 왔다~!

턱!

얼른 먹어!

먹을 만은 한데
기름 냄새가 너무
느끼해…

우물…

한 조각만 먹고
끝이야?

응. 다 먹었어.
배불러.

나에게 치킨이란 그야말로 편식하지 않기
위해 먹는 정도의 음식이었던 것이다.

아삭

치킨보다
생채소를
더 좋아했음.

아삭

어릴 적의 나…
왜 그랬을까…?

하지만 시간은 흘렀고
K-치킨에도
많은 변화가 있었다.

와…
또 새로운 맛이
나왔네?

이제는 너무나도 흔해져버린
파닭을 시작으로

다양한 맛의 치킨들이 쏟아져 나오게 된 것이다.

시즈닝을 가득 뿌려 낸 치킨과

양파, 청양고추 마요 맛 치킨

갈비 맛, 마라 맛, 콘수프 맛 치킨

맛있어…!

비삭

비삭

세상이 올바른 쪽으로 변해가고 있다.

그리고 너무 많이 변해버림.

아니 아 잠깐 이건 아니지

선 넘네;;

여하튼 정신을 차려보니
나는 치킨을 꽤나 좋아하는
입맛으로 바뀌어 있었고

히히,
치킨!

또 먹냐.

아마도 그 이유는
같이 사는 사람의
입맛 때문이었을 것이다.

그리고 왜인지 언제나 좋아하게 된
음식에서는 근본을 추구하게 되는 나.

왤까...
맛있는 치킨은
정말 많은데.

양념 반
프라이드 반이
너무 먹고 싶어...

결국 시켰다.

감사합니다!

탁

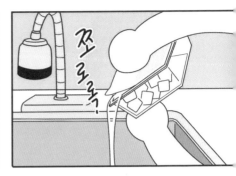

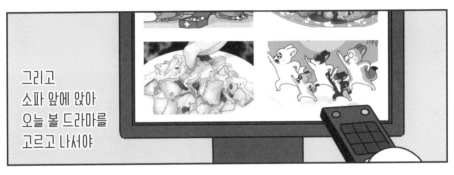

그리고
소파 앞에 앉아
오늘 볼 드라마를
고르고 나서야

치킨을 먹을 준비가 끝난 것이다.

먼저 프라이드치킨을 집어
깨소금을 살짝 찍어준다.

나는
날개 먼저…!

이제 먹자!

짭짤한 소금기와
바삭한 튀김이 어우러지고
이내 약간 매콤하게 염지된
부드러운 닭고기가 씹힌다.

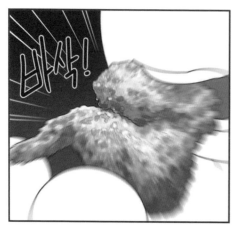

바삭!

프라이드치킨은
이렇게 매콤하게
염지된 게
맛있다니까요.

맞아요.

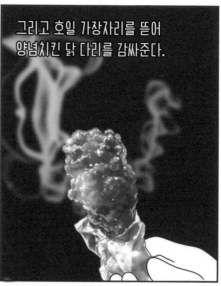

그리고 호일 가장자리를 뜯어
양념치킨 닭 다리를 감싸준다.

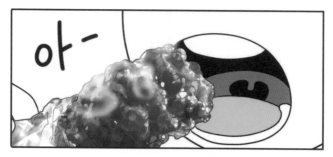

아-

매콤달콤하고
찐득한 양념과 함께

바삭하면서도
조금 눅진해진 튀김옷이
입안 가득 들어오네.

양념을 묻히고 나서
시간이 꽤 흘렀을 텐데도
이렇게 바삭바삭하다니!

그리고
몇 개씩 들어 있는
튀긴 쌀떡도 별미지.

나는 이게
정말 좋더라~

약간 느끼할 때 즈음
아삭아삭한 치킨 무로
입안을 환기시켜주고

역시 입가심은 콜라!

크으으...!

뱃살과 함께
만족감도
늘어가는구나~

강아지들과 산책을 하면 항상 치킨집 앞을 지날 때 정체 상태가 돼요. 사람도 치킨집 앞을 지날 때
치킨이 튀겨지는 고소한 냄새를 참기가 정말 괴로운데 후각이 더 좋은 강아지들은 얼마나 힘들까요?

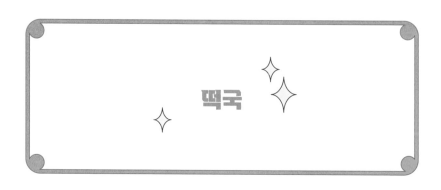

떡국

송 송

... 어 엉-

이상하다…
그럴 리가
없는데…

어째서
새해…?

뭔가 심각하게
잘못된 것이
틀림없다.

올해를 되돌아보면 분명히…

벚꽃 3일

여어어어름

트렌치코트
3일

어?!! 어어??
잠깐만!!

벌써 365일이
지났을 리가
없는데…!!!

어째서
나이를 먹을수록
시간이 빨리
흐르는 걸까.

내 1년…
이렇게 보내고
싶지 않았어…

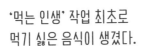

'먹는 인생' 작업 최초로
먹기 싫은 음식이 생겼다.

떡국 먹고 나이
한 살 더 먹는 거면
안 먹을래…

여보
그거 아니?

떡국은 가래떡을
길게 뽑아 긴 가래떡만큼
장수할 수 있길 바라고

또 엽전 모양으로
썰어서 재물이 늘기를
기원하는 거래.

…!

그럼 5만 원권 모양으로 썰자···!

바보야 요즘은 코인이 대세야.

아 그렇네.

한 살 더 먹어야 해서 떡국 안 먹으려고 했는데, 부자 되고 오래 살려면 먹을 수밖에 없겠네~

그러니까 최대한

맛있게 만들어야지!

소고기를 잘게 잘라 양념과 함께 볶는다.

마늘

올리고당

간장

후추

볶아진 소고기 위로 멸치 육수와 사골 국물을 반씩 섞어 부어준다.

사골은 귀찮으니 마트에서 사 온 사골 팩으로 해결!

물이 적당히 끓으면 불린 가래떡을 넣고

가래떡이 말랑해져갈 때
표고버섯과 굴을 넣어 끓여준다.

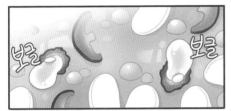

보글 보글

조금씩 맛보며 소금 간을 해준 후
다진 쪽파와 계란 지단,
김가루로 고명을 올리면 완성!

와아…

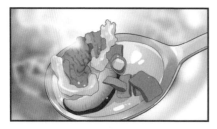

깊다…!

표고 향을 입은
국물이 가래떡 안까지
배어들어서

쫄깃한 떡을
씹을 때마다 깊은 맛이
입안에 스며드네.

소고기와 사골국이
담백하다가도
부담스러울라치면

굴의 시원한 맛이
밸런스를 딱 잡아주는
느낌!

맛있고, 따끈하고, 배 속까지 푸근해지는- 가족끼리 둘러앉아 먹을 수밖에 없는 맛이야.

이렇게 맛있는 건 혼자 먹을 수 없잖아요?

다 다 다 다

할머니~!

엄마, 아빠!

이렇게 온 가족이 모여 먹는 맛에 떡국을 먹는 거지~

여러분도 맛있는 떡국 먹고

새해 복 많이 받으세요!

꾸벅!

'먹는 인생'을 봐주시는 독자님들 모두
긴 가래떡처럼 오래오래 건강하길 바라요! 🍴

해물파전

빗방울이
유리창에 부딪히는
소리가 꼭 그거 같네.

달궈진 팬 위에
기름을 넉넉히 둘러서

파랑 채소를
잔뜩 썰어 넣은 부침개 반죽을
가득 부으면

가장자리가
기름에 지글지글 익어가면서
나는 소리와 비슷하잖아…!

오늘 저녁은
해물파전 먹자!

비 오니까
파전 먹는 거야?

솔직히 비 안 와도
먹으려고 했음.

파전 먹고 싶어서
빌드업 좀 해봤다.

역시…

파전은 굳이 비가 오는 날 먹지 않아도 맛있는 음식이다.

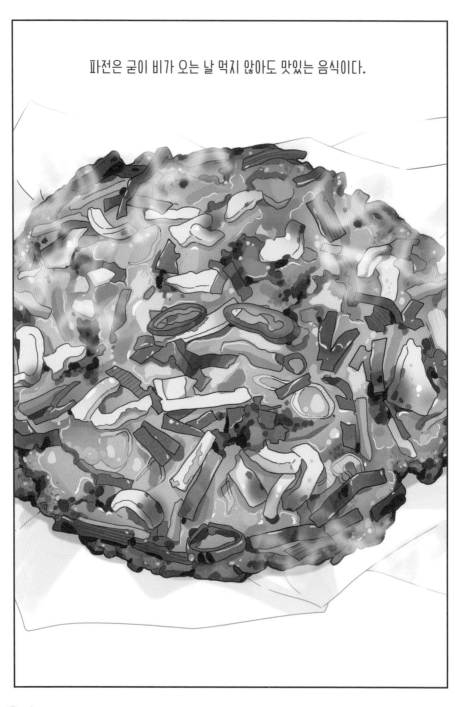

하지만 비 오는 날을 핑계 삼아

꼭 챙겨 먹어야 하는 음식이지!

해물파전을
젓가락으로 쭈욱 찢어주고

쪽파를 송송 다져 넣은 초간장에
살짝 찍어 입에 넣으면

아-

바사삭

아…
바삭하고 고소한
부침개 끝부분…

파삭

파사삭

고소한 기름이
입안에 사르르
퍼져…

바삭한 부분을 더 많이 즐기기 위해
도넛 모양으로 굽는 방법도 있지만

바삭

바삭

바삭

바삭

바삭

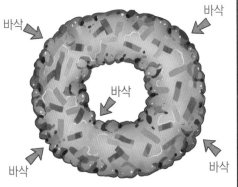

해물파전 안쪽의
촉촉하고 쫀득한 부분도

나에게는 포기하기 어려운
행복이란 말이지.

지금도
정말 맛있지만

뭔가 파전의
기름기를 싹 넘겨줄
조합이 필요한데…

음…
원래는 막걸리지만
우리는 둘 다 술을
못 마시니까요…

그럴 땐 역시 맑게 끓여 낸
조개 칼국수!

부침개를 한입 크게 먹고

시원한 조개에 고추를 송송 썰어 넣어
조금 칼칼해진 국물을 마시는 거지.

하아아..

이것만큼
좋은 조합이
또 있을까?

쫄깃하고 오동통한 칼국수면도
후루룩 같이 먹다 보면

비가 와서 추욱 처지던
몸과 마음이
깨끗하게 낫는 기분!

비가 올 때마다
이렇게 먹을 수 있다면

비가 조금 더 많이 와도
좋을지도!

그러게
말이에요~

비 그쳤으니까
이제 뭐 먹지…?

역시 날씨는 아무 상관 없었다.

 건새우가 들어간 해물파전을 먹어보셨나요?
파전에 넣을 오징어나 조갯살이 없다면 건새우를 넣어 해물파전을 만들어보세요!

양념갈비

내가 힘이 없고 비실거릴 때마다

골골골···

골골···

그 모습을 본 아빠의 말씀.

고기를 먹어야 해···!

딱!

고기를 많이 안 먹어서 힘이 없는 거야.

그렇게 우리 집 외식 메뉴는 언제나 양념갈비였다.

저기압일 땐 고기 앞으로!

그래서인지
지금도
기운이 없을 때는

양념갈비…
먹어야 하나…?

라는 생각이
드는 것이다.

구워진 양념갈비를 배달시켜 먹으면
편하겠지만

주소 ○○○으로
갈비정식 하나
부탁드립니다~!

세상
편해졌네.

빠안…

갈비는 왠지 불판에 올리고,
뒤집고, 기다리고, 자르는
귀찮은 행위들이
맛있게 먹기 위해 준비하는
과정 같아서 즐거움을 주는
음식 중 하나다.

그리고 곁들여 먹을 음식이 많다는 것도 또 다른 장점이지.

없어서는 안 되는
상추와 깻잎, 쌈장

내가 좋아하는 멜젓

명이나물

고기와 같이
불판에 올려 먹는
참기름, 마늘

쌈무와 무생채도
없으면 섭섭하지.

파채 VS 양파절임

그리고 여기서 양념갈비
최대 난제가 나온다.

취향에 따라
다르겠지만

달콤한 돼지양념갈비는
상큼하고 달달한 양파절임과
잘 어울리고

기름진 삼겹살은

끄덕

알싸하고
약간 매운 파채와
잘 어울리는 것 같아.

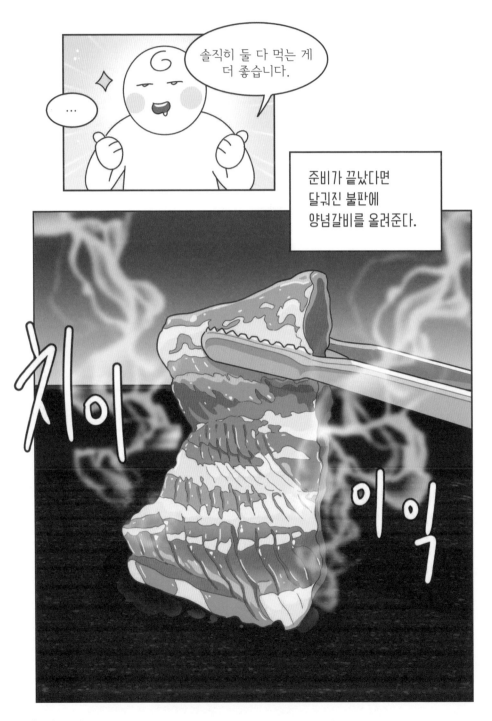

뒤집어가며 잘 구워주고

먹기 좋은 크기로 자른 뒤

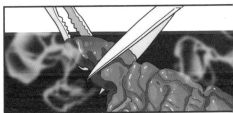

첫입은 아무 양념 없이
양념갈비 그대로 한 점 먹어봐야지.

과하지 않게
달콤한 간장 양념과
갈비는

어떻게 이렇게까지
잘 어울리는 걸까?

살코기는 양념에 잘 재워져
질긴 곳 없이 부드럽고

간간이 씹히는
지방 부분이
사르르 녹아.

뜨거운 갈비 한 점을
차가운 양파절임 양념에 푹 담가서

쌈장을 살짝 올려 먹는 것도 좋고

불판 위에서 잘 끓은 멜젓에
콕 찍어 먹는 것도 좋다.

달콤한 양념갈비와
짭짤한 멜젓이
너무 잘 어울려…

그리고 역시
제일 중요한 건
쌈이다.

그치…
고기는 이거지…

와

암

이렇게 저렇게
여러 조합의 쌈을
싸 먹다 보면

여러 가지 요리를
먹고 있다는 착각이
들 정도로 만족스러워.

그런데 뭔가 1% 부족한
이 기분은 뭘까.

…!

아~
이거지~!!

K-밥심

들어갈 배가 없을 것 같지만
밥은 어떻게든 들어간다.

애호박과 두부가 들어간 구수한 된장찌개에

밥 한술, 고기 한 점, 쌈 크게 한입.

그렇네.
아빠 말이 맞다.

이렇게 먹는데
기운이 안 날 수가
없잖아?

양념갈비가 남았다면 포장해 와서 갈비덮밥을 만들어 먹어보세요.
마요네즈를 뿌려 먹으면 든든하고 달콤한 맛이 좋아요.

판메밀

나는 '오늘 뭐 먹지?'라는 생각 후에 바로 결과가 따라오는 타입이다.

오늘 아침은 간단하게 샌드위치

점심 겸 간식으로 꽈

짝 짝

저녁으로는 소고기무밥에 달래장을 촵촵 비벼 먹어야지.

와 정말 정확하고 빠른 결정!

팟타이랑 분짜, 쌀국수도 먹고 싶고 크로핀이랑 카페라테, 텐동이랑 순대랑…

너랑 있으면 음식 고르기 편해서 좋아.

그래서 '오늘 먹고 싶은 음식이 뭔가요?'라고 물으신다면 자신 있게 이것저것 말할 수 있는 것이다.

그렇다면 그중…
매일 먹을 수 있는
음식은 뭔가요?

…!

속이 메슥거리고
입맛이 없어서

아무것도 먹고
싶지 않은 날마저도
먹을 수 있는 음식…

그렇다면 역시!

여름이 되면
급격하게
입맛이 떨어지는 나는

더위… 그만 먹어…

더위
더위

냉동실 가득 메밀면을 채워놨다가
매일 아침 식사를 판메밀로 먹는다.

끓는 물에 메밀면을 넣고 잠시 기다렸다가

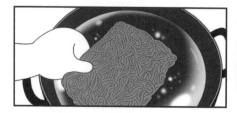

체에 밭쳐 차가운 물로 헹군다.

이때 나는 구수한 메밀 향이 좋아.

없던 입맛도 돌아오는 느낌.

장국과 면을 그릇에 담고

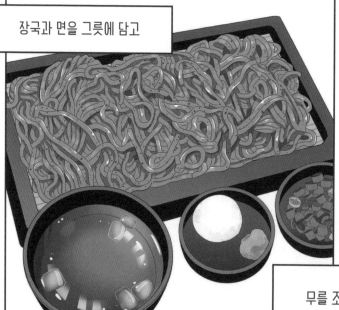

무를 조금 갈아 고추냉이, 쪽파와 함께 따로 담는다.

면 위에 김가루를 소복하게 뿌려 내면 먹을 준비 끝!

스을

스을

우선은 면만 살짝 집어서 맛을 봐야지.

후릅-

이런저런 양념에 가려져 있어 평소에는 잘 느끼지 못했던

구수한 메밀차 맛이 나네.

오물

오물

뒷맛에 살짝 느껴지는 쌉싸름함이 오히려 입맛을 더 돋워주는 느낌이야.

적당히 짭조름하다가 끝이 달큼한,
가쓰오부시 향이 가득 담긴 맛이
입안에 퍼진다.

장국에 찍어서 다시 한입.

맛있게 먹다가
좀 다른 맛을 느끼고 싶다면
장국에 고추냉이와 간 무,
쪽파를 넣어 잘 섞어준 후

다시 메밀면 한 젓갈.

좀 더
시원한 맛이
좋네.

간 무를 넣는다니
색다르고 좋은
발상인 것 같아.

이렇게 시원한 맛이 추가된 장국에는
한입씩 왕새우튀김을 곁들여 먹으면
더 좋다.

고소한 새우튀김을 먹으면
입안에 남는 기름기를

무와 고추냉이가
깔끔하게 청소해주는 것이다.

조금 더 여름의 시원하고
상큼한 맛을 느끼고 싶다면
폰즈 소스와 함께 영귤을
추가해보는 것도 좋지.

상큼한 맛이 추가되니
입안에 침이 고여서
계속 먹게 되잖아~!

후룹

후룹

입맛 없다고
하지 않았어요?

없었는데요,
있었습니다.

우울~

…?

그리고 겨울에도
후끈한 방 안에서 먹는 판메밀은
정말 최고지~

아~
잘 먹었다.

저는 끓는 물에 1분 정도 해동하면 바로 먹을 수 있는 간편한 메밀면을 좋아해요.
이렇게 간편하고 빠르게 메밀면을 먹을 수 있다니…!

딸기와 티라미수

남편은 나와 연애하던 시절

나 왔어요~

생리통의 괴로움을 보고
상당히 놀랐다고 한다.

아니…
몰골이 이게
무슨 일이에요…?

아아… 이것은
생리통이라는
것이다…

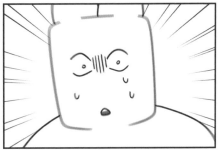

원래 이렇게
심한 거였어…?

매달
이래야 되는
거예요?

헉…

나도 작년까지는
진통제 한 알 먹으면
괜찮아지는 평범한
생리통러였지…

그런데 어느 순간
이렇게 되고 말았습니다.

물론 검사는
꾸준히 받고 있다.

진통제

검사 결과
괜찮음!

근데 그냥
많이 아픔!

커어어… (약 부작용으로 잠듦.)

…

그래서 종구 씨는
다니던 직장의 여성분들께
물어봤다고 한다.

생리통이 심할 땐
뭘 해야 할까요?

뭘 먹으면
좋아요?

아~

그렇게 다음 날
종구 님이 들고 온 건

딸기와 티라미수였다.

핑거 쿠키 위를
쌉싸름한 에스프레소로 적시고
그 위에는 부드러운
마스카포네치즈 크림.

그리고 소복이 내린
코코아가루.

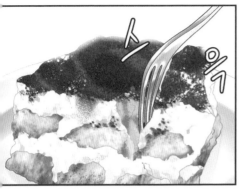

달콤하지만
너무 달진 않은

부드러운 크림이
입안을 가득 채우고

나를 끌어올린다~는 뜻을 가진
이름처럼

한껏 촉촉해진 쿠키를 깨물면
에스프레소가
쫘아악 터져 나와.

정말 무겁고 처진 몸이
한결 가벼워지는 기분이야.

그리고 이번에는
달콤하게 잘 익은 딸기를
티라미수에 찍어 먹는 거지!

딸기와
마스카포네 크림과
코코아가루의 조합이라니

맛이 없을 수가
없잖아!

스트레스와 피로가
싹 내려가는 맛…!

그래
이 맛이야…

너무 좋아하니까
이제야 사 와서
미안하네…

솔직히 이 조합이면 커피도 필요 없다.

원래는
아메리카노가 싸악
내려주는데

이 조합은
딸기의 상큼함이
싸악 내려줍니다.

싸악-

그렇게 다음 달도 그다음 달도
지금의 남편은
티라미수와 딸기를 사다 줬고

생리통 약
사 왔어요.

와아아!!

나는 티라미수와
잘 익은 딸기를 볼 때마다

담요를 덮고 영화를 보며
티라미수와 딸기를 먹던 기억을
떠올리게 됐다.

편안하고
좋구나…

음식에
추억이
깃든다는 건

정말
멋진 일이야.

마감하면서 졸리고 힘들 땐 티라미수를 먹어요. 당과 카페인과 즐거운 기분이 한꺼번에!

어묵탕

어릴 적의 겨울, 굉장히 추웠던 하굣길에는

피난처가 하나 있었다.

야! 얼른 저기까지 뛰자!!

따끈한 김이 새어 나오는 어묵 포장마차!

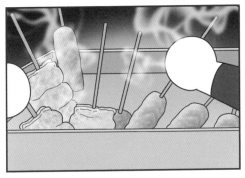

추우니까
국물 더 먹어~

감사합니다!

뜨끈한 국물에 어묵 하나면
몸속부터 따끈해질 수 있었지.

어~
뜨시다.

그리고 어른이 되어서도
추운 날씨에는 여전히 어묵이다!

어묵이랑
따끈한 국물
먹을까?

너무 좋죠.

첫입은 역시 슴슴한 게 좋아.

육수를 잘 빨아들인 달콤한 무 한 조각을

양념간장을 한술 올려 먹는 거지.

헛뜨 거걱 걱!

그리고 이제 메인 어묵을 먹어볼 시간!

채소 맛, 땡초 맛, 오징어 맛 뭐부터 먹으면 좋을까?

어차피 다 먹을 거면서 뭐 하러 고민함?

그렇네… 똑똑하네…

목구멍 다 데었다…

어휴…

채소 맛은 씹을수록
단맛이 올라오고

땡초 맛은
매콤함이 좋아.

ㄸㅏ끈~

ㄸㅏ끈~

오징어 맛
최고…!

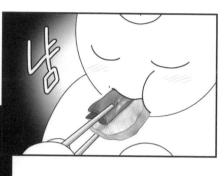

다양한 모양과
다양한 맛의 어묵을
골라 먹는 재미가 있네.

앗 유부
주머니다!!

유부 주머니
좋지~

부들부들한
유부 주머니를
한입 깨물면

육수와 함께 안에 있던
당면과 속 재료들이
입안에 쫙 퍼지잖아.

쫄깃한 물떡도
맛있어…!

나는 곤약!

그리고
어느 정도 먹었다면
우동 사리를 넣어준다.

왜 넣어야
하죠?

든든해야…
하니까!

쫄깃하고 오동통한 우동면은
향긋한 쑥갓과 함께 먹는 게 좋다.

후르릅-

씹을수록 향긋한 쑥갓 향이 입안에 퍼지는구나.

몸속부터 후끈함이 올라와요.

하이아

뜨끈한 어묵탕은 실외 배변을 하는 강아지를 키우는 집사 둘에게 눈비 바람을 뚫고 산책을 나갈 수 있는 힘을 줬다.

좋아, 가보자고.

거참...

먹었으면 칼로리를 소모해야 하는 것이 맞지…

뜨끈한 거 먹고 나오니까 버틸 만하지 않아요?

그러게… 괜찮은데?

히이이

집 가서 어묵탕 국물 또 먹자.

그래.

최근에는 초당옥수수가 들어간 광어 어묵을 먹어봤어요! 너무 맛있어서 한동안 어묵탕만 먹었다는…

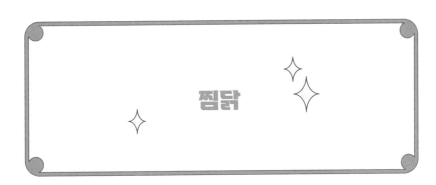

찜닭

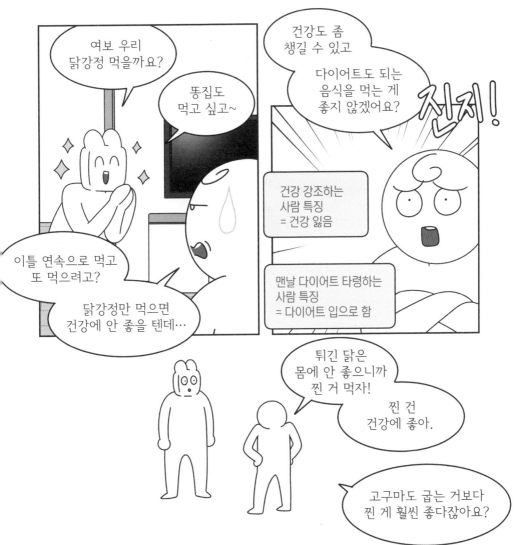

여보 우리 닭강정 먹을까요?

똥집도 먹고 싶고~

건강도 좀 챙길 수 있고

다이어트도 되는 음식을 먹는 게 좋지 않겠어요?

진짜!

건강 강조하는 사람 특징 = 건강 잃음

이틀 연속으로 먹고 또 먹으려고?

닭강정만 먹으면 건강에 안 좋을 텐데…

맨날 다이어트 타령하는 사람 특징 = 다이어트 입으로 함

튀긴 닭은 몸에 안 좋으니까 찐 거 먹자!

찐 건 건강에 좋아.

고구마도 굽는 거보다 찐 게 훨씬 좋다잖아요?

오…
그렇구나.

ㅋ

그러니까
찜닭 먹을 거임.

찐 닭?

아니 찜닭.

…?

'찜'이라는 글자가 붙은 음식들은
특유의 푸근함과 함께 여럿이 둘러앉아
먹어야 할 것 같은 든든함이 있다.

돼지고기 묵은지
김치찜

갈비찜

생선찜

그런데
'찜닭'이라는
이름이라니…

손주들 온다는 소식을 들은 할머니가
가마솥 뚜껑을 열고 풀풀 나는 김을 헤쳐서

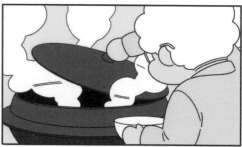

커다란 그릇에 쏟아질 정도로
담아줄 것 같은… 그런 기분…

생각만 해도
훈훈...

물론 실제의 할머니는 다르다.

- 가마솥 없음.

- 찜닭 안 해줌.

- 손녀가 해준 찜닭이
칼칼한 맛이면 화냄.

아이고!
매웁다!!

저번에는 이 정도
매운 거 좋다더니
ㅋㅋㅋㅋㅋㅋ

그런 푸근함이 없어도 찜닭은 충분히 맛있는 음식이다.

나는 간장찜닭의
이 먹음직스러운
윤기가 좋더라…

뭐부터 먹어볼까…

!

탱글

탱글

일단은 당면이 붙기 전에 쫄깃하고 탱글할 때 먼저 입에 넣어야지.

후루룩!

쫄깃

쫄깃

탱글~

얇은 당면은 호로록하고 넘어가는 재미가 있다면

넓적 당면은 씹으면서 느껴지는 쫄깃한 맛이 좋네.

ㅋㅋ

난 솔직히 닭보다 당면이랑 떡이랑 감자가 더 좋더라.

그래서 여보랑 밥 먹으면 좋아.

탄단지 X
탄탄지 O

내가 싫어하는 채소만 다 먹음 ㅋㅋ

얌얌-

그래도 역시 양념이 속까지 잘 배어든
닭고기를 안 먹어볼 수는 없지!

짭짤하고 달콤한
간장 양념에서

양파와 감자가 녹진하게
녹아난 맛이 나…

닭고기
맛을 봐야죠.

닭고기도
야들야들하게
푹 익어서
맛있어…!

닭고기 살을 발라

밥에 찜닭 양념을
같이 얹어 먹어도 좋다.

이렇게 먹으면
김치가 싸악~
내려줘.

역시 든든하고
푸근한 맛…

대화 없이
n분째 먹는 중

끄덕… 끄덕…

이지만 한국인이라면
남은 순서가 있다!

닭고기 살을 잘 발라주고
밥과 함께 찜닭 국물과 채소를 넣는 거지.

볶으면서 채소를 으깨어
잘 섞어준 후

불을 끄고 치즈 한 움큼.

뚜껑을 덮고
두근두근한
기대감을 품으며
잠시
기다려줍니다.

두근

두근

역시 모든 국물 양념 요리는
볶음밥으로 끝내는 것이
옳다.

일단 볶아라!
맛있다!

크으으~!!!

이거 먹으려고
찜닭 했죠?

당연.

오늘도
너무 많이
먹었나…?

깨끗!

어쩌겠어요.
눈앞의 행복을
참을 수 없는걸.

아~
그치 그치.

행복하다면
오케이!

찜닭만큼은 메인 재료인 닭보다 당면과 감자가 더 좋아요.
쫄깃쫄깃하고 호로록 넘어가는 당면과 겉은 눅진하게 양념이 잘 배고 속은 포슬포슬한 감자라니!
주객전도가 된 것 같지만 찜닭은 이 맛에 먹는 거니까요:D

바닷가 마을에서 태어난 나는
어릴 때 물가에서 노는 걸
굉장히 좋아했다.

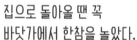

물론 지금도
좋아합니다.

학교를 갈 땐 일부러 해수욕장을 질러
모래를 사부작사부작 밟았고

집으로 돌아올 땐 꼭
바닷가에서 한참을 놀았다.

학교가 끝나면 친구들과 모여
열심히 물고기와 새우를 잡아 와서는

모래로 벽을 쌓아올린 물고기 집에 넣어
한참을 구경하다

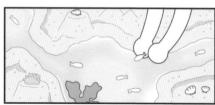

물고기와 새우를 다시
바다로 돌려보내고 우다다 달려
수영을 하러 뛰어가고는 했지.

어릴 땐 자주 이렇게 생각했던 것 같다.

바다는
정말 좋아.

이런 곳에서
태어나서 정말
행운이야!

그렇게 한참을 놀다
입술이 파랗게 질리고 손발이 떨리며
피부는 벌겋게 익은 상태로
바다에서 나왔다.

오늘도
강해졌다…

무슨 일이
있었던 거냐;;

꼬르륵..

빨리
뭔가 먹지 않으면
죽을 것 같아!!

나도…!!!

컵라면 먹자!
김밥도!!

그리고 시간이 한참 흐른 지금도
수영 후에는 언제나
컵라면과 삼각김밥이다.

세월이 흘렀어도 노는 건 어릴 때와
별반 다르지 않은 것 같다.

워~~~
예쁜 물고기.

파도타기!!
예~!!!!

단지 구명조끼를 잘 챙겨 입는
어른이 되었다는 것 정도.

내 목숨
소중해.

둥둥!

아, 한 가지 달라진 게 있었다.
어릴 땐 세 시간 정도 놀았던 것 같은데

힘
들

지금은 3ㅇ분이 한계다.

지금 당장 편의점
가지 않으면
죽을 것 같아…

눈앞이
흐려져…

당장
가자고요…

수건으로 물기를 닦고 신발의 모래를
탈탈 턴 후 해변가의 편의점으로 들어가
컵라면을 고르고

난 김치 맛
라면!

난 매운맛!

삼각김밥도 골라준다.

참치마요 　김치참치 　고추장
　　　　　　　　　　불고기 　제육볶음

간장계란 　짜장볶음 　불닭치즈 　전주비빔

무슨 맛을 먹을까
고민하는 시간이 좋아.

떡갈비 　　　　　　　　　　반숙계란장

스팸볶음 　　　　　　　　　직화불고기

핫바도
먹고 싶은데…

이미
골라났음.

빨리
먹고 싶다.

전자레인지는 위이잉 돌아가고
배에서는 꼬르륵 소리가 나는
이 짧은 시간의 기대감이 좋다.

와아아~!!!

후우― 후―

후루룩

라면의 염분이
온몸으로 퍼지는 게
느껴져…

짜장라면도
먹고 싶었지만

수영하고 나서는
빨간 국물 라면이
더 좋지~

삼각김밥도 한입.

참치마요는
역시 근본이지.

나는 떡갈비 붙은
전주비빔!

삼각김밥
한 개는 그냥 먹고

와 앙

나머지 한 개는 면을 다 먹고 난 후의
라면 국물에 넣어 먹는다.

라면에
삼각김밥을 넣어
먹을 때는

역시 참치김치 맛이
제일 좋아.

슥슥 비벼서 그냥 먹어도 맛있지만

치즈
못 참지…

ㅎㅎㅎ

이

여보는 치즈를 안 넣어
먹는 데가 없네.

체다치즈를 넣고 전자레인지 30초.

이거라고~

이때만큼은 다른 음식이 생각나지가 않아…!

빨리 핫바도 한입 넣어요.

감사 ㅎㅎ

이렇게 먹다 보면 진이 빠졌던 몸도 서서히 따끈해지며 기운이 돌아오는 게 느껴져.

조금 더 놀아도 괜찮겠는데…?

그러게요?

라고 말했지만

아 맞다, 나 기력 없지.

슬프네.

나이가 든 것만 또 한번 실감하고 말았다.

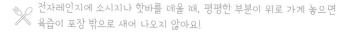

전자레인지에 소시지나 핫바를 데울 때, 평평한 부분이 위로 가게 놓으면
육즙이 포장 밖으로 새어 나오지 않아요!

돼지고기 김치찌개

모두가 잠이 든 새벽.

발소리를 줄여 몰래 부엌으로 향한다.

우리가 즐기는 김치찌개를 대중적 선호도로 나눠본다면
크게 이 세 가지로 나눌 수 있다.

참치 통조림 김치찌개는 특유의 담백함이 있지.

질리지 않는다는 부분에서는 최고!

자작하게 끓여 내면 반찬처럼 먹어도 좋아.

꽁치 통조림 김치찌개는 돼지고기나 참치 통조림보다는 선호도가 낮지만

정말 오랜만에, 가끔 먹었을 때는 제일 맛있는! 그런 음식이야…

그리고 돼지고기 김치찌개는 이들 중 가장 푸짐하게 느껴지는 음식이다.

평범한 식당에서도 밑반찬을 5개씩은 내어주며 심지어 리필까지 해주는 밑반찬의 민족 한국인에게도

반찬이 이 정도는 있어야 푸짐하지.

돼지고기 김치찌개만큼은
김치찌개+계란말이 두 가지 조합만으로도 [푸짐]이라는 평가를 들을 수 있다.

와 밥상이
푸짐하네.

뭉근하게 끓인 돼지고기 육수에
잘 익은 신 김치, 고소한 두부.

돼지고기와 두부와
신 김치의 조합은 어떻게
먹어도 훌륭하지…

보쌈으로도
두부김치로도
어떻게 먹든 맛있어.

김치와 돼지고기를
밥과 함께
한술에 떠서…

와아!

크…!

묵직한
감칠맛이 나는 국물에
더해지는 얼큰함과
신맛이 좋아.

계란말이도
크게 한입!

얼얼한 맛?
계란말이가
싹 내려줘.

그만 내려.

두부는 숟가락으로 슥슥 으깨서
밥과 함께 비벼 먹는다.

김치의 신맛 때문에
계속 입맛이 돌아서
멈출 수가 없어…

그냥 먹어도 맛있는
김치찌개지만
김치찌개를 가장
맛있게 먹는 방법은―

김치찌개를
만든다.

하루 그대로
놔둔다.

다음 날
다시 끓여 먹는다.

찌개는 역시 묵혔다가 다음 날 끓인 찌개지…

국물의 묵직함과 재료에 배어든 맛이 달라집니다.

발깡~

특히 국물을 쫙 빨아들인 두부가 제일 맛있죠.

찌개 남겼다가 내일 사리 넣어서 먹을까요?

그것도 좋지…

고기는 다음 날 아침 모두 사라지고 없었다.

내일은 더 맛있겠다.

그러게요.

...

다음 날 다시 끓여 먹는 찌개만큼 깊은 맛의 찌개는 없는 것 같아요. ✕

캐러멜 커스터드푸딩

웹툰 작업은 언제나 과로를 동반한다.

아… 겨우 끝냈다.
이제 잘 수 있겠네.

으으…!

일 끝났어요?

엄밀히 말하면 일은
끝나지 않죠.

오늘의 최소
작업 할당량을 겨우
채운 것뿐.

진짜로
일 끝났다-라는
소리는

마감이 끝난 날 당일
밤 12시 이전까지만
유효한 것이 웹툰 작가의
삶이다.

월	작업	
화	오후 마감	휴식
수	작업	
목	작업	
금	오후 마감	휴식
토	작업	
일	작업	

파스스…

저런…

그렇게 겨우 든 잠자리.

이제
자야지…

틱

아니 그렇게
피곤해해놓고
안 자면 어떡해?

아니… 여보야
나 오늘 하루 종일
일만 했거든…

오늘 하루를
이렇게 끝내기는
너무 억울하다고…

일이 아닌 행동을
뭔가 하나라도 하고
자고 싶어.

이렇게 자기 전 괜히 둘러보는 SNS는
보고 싶지 않았던 것들까지
보게 만드는 것이다.

와 정말 보고 싶지 않았고
알고 싶지 않았던 정보!

이것만 먹으면?
한 달에 10kg 빠진다!

배우 A 씨
논란의 중심

?

이런 표정으로 피드를 슥슥 내리다 보면

몽글~

귀여운 새
구애의 춤

시골 강쥐
일상

전기장판 위
녹은 냥궁딩

말 많은
허스키

마치 우리 집 고양이의
풍실한 엉덩이처럼.

와 여기가
극락!

풍실~

몽글~

잔뜩 피곤하고 지친 마음을
몽글몽글하게 해주는 것들이 좋다.

그리고 고양이의
엉덩이를 보고 있자면

몽글몽글한
푸딩이 생각나는 거지.

푸딩은
어떻게 이름마저
몽글몽글한 걸까?

몽글함을 표현하기에 정말 최적화된 이름, 그리고 모양새!

심지어 맛도 몽글몽글하다.

몽글몽글하고 맛있는 푸딩은
과육이 그대로 들어가 있는 달콤 상큼한
과일푸딩도 있고, 요거트나 초콜릿 맛처럼
다양한 맛의 푸딩들도 있지만

역시 내가 제일 좋아하는 건
캐러멜 커스터드푸딩이다.

모양대로 잘 뒤집은
캐러멜 커스터드푸딩을
한 스푼 떠내면
스푼 위에서 푸딩이 찰랑거리다
이내 입으로 들어온다.

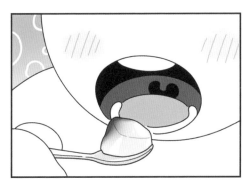

입안에서 몽글거리던
푸딩이

사르르 으스러지는
이 식감이 좋아.

캐러멜시럽의
마냥 달지만은 않은
쌉싸름한 맛이

단쓴단쓴?
합격.

오히려
맛을 한 단계 더
끌어올려주네.

하아…

이 쪼그만 게 뭐라고
쉬는 기분이 들다니.

달

콤-

내가 그렇게
맛있게 먹던 푸딩들은
지금은 거의 다
사라졌다.

왤까…
내가 좋아하면 다
단종되더라.

무언가의
음모인듯.

??

???

이렇게
보편적으로
맛있는 것이

어째서
단종될 수
있는 거죠…?

그렇게 새 푸딩을 찾아다니는 내 모습이
종구 씨는 꽤나 안쓰러웠나 보다.

이 맛도
아니야…!

이건
커스터드가 아니고
계란 향이잖아…!

3일 1푸딩 못 해서
기력이 없어…

저런…

푸딩 만들기 쉽다는데
내가 만들어줄까요?

정말 쉽다 노오븐
캐러멜 커스터드
푸딩 만들기

와 정말?!!

그렇게 종구 씨가 만들어준
캐러멜 커스터드푸딩의 맛은

…!!!

얼른
먹어봐요.

감격!

와 겁나 단 계란찜!

라차 시도

와 겁나 질긴 고무!

대기업의 맛은 어려운 것이었다.

그립다 대기업의 맛.

몽글몽글하고 찰랑찰랑한 푸딩은 집에서 만들어 먹기가 왜 이렇게 어려운 걸까요?
많이 팔아주면 좋을 텐데… ㅠㅠ

고구마

세상에는 두 가지 부류의 사람이 있다.

친구 하면 좋은 조합인
닭다리&날개파 VS 퍽퍽살파

서로 증오하는 관계인
부먹파 VS 찍먹파

퍽퍽 살이 담백하고 느끼하지 않아서 좋지.

쫄깃하고 기름진 닭 다리살이 최고!

지와와와와!! 와와와와왁!

아르르르릉 왕앙! 왕왕왁왁와악!!

논쟁을 즐기는
딱복파 VS 물복파

먹으면 손에 과즙 줄줄 흘러서 찐득해지는 물복보다는 딱복이 한 수 위.

딱복은 그냥 달달한 무 그 이상도 그 이하도 아님. 물복이야말로 달콤함 그 자체.

민초파 VS 혐민초파

민초 뇌절 그만해!!!

잠깐… 민초파도 뇌절 싫어한다고…

그리고 오늘의 주제인 고구마.

고구마를 정말 좋아하는 나와 남편은 함께 마트에 가면

고구마 한 박스 사 가자!

완전히 다른 고구마 취향을 또 한번 실감하게 된다.

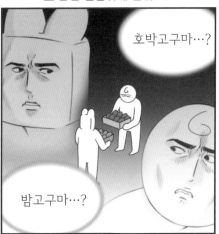

호박고구마…?

밤고구마…?

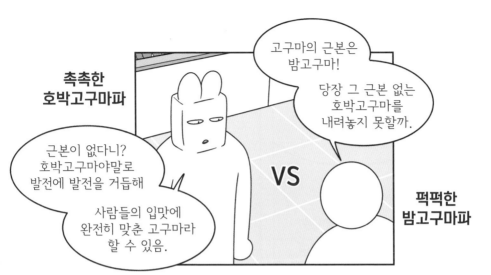

촉촉한
호박고구마파

고구마의 근본은
밤고구마!

당장 그 근본 없는
호박고구마를
내려놓지 못할까.

근본이 없다니?
호박고구마야말로
발전에 발전을 거듭해

사람들의 입맛에
완전히 맞춘 고구마라
할 수 있음.

VS

퍽퍽한
밤고구마파

하지만 부부 싸움은 칼로 물 베기!

둘 다 사면
얼마나
행복하게요?

맞아
맞아~

나는 밤고구마를 동그랗게 썰어
에어프라이어에 구워 먹기도 하고

겉은 바삭
속은 포슬포슬!

그냥 그대로 전자레인지에 넣어
ㄱ~日분간 돌려 먹기도 한다.

한국인 특:
3초 남았을 때
그냥 열기

전자레인지에 돌린 밤고구마를
꺼내보면

수분은 날아가
한층 더 퍽퍽해지고

가장자리는
딱딱하고 달콤해져서
과자 같아…

딴딴!

그걸 왜
좋아함…?

왜 저러는지
정말 이해가
되지 않는다.

으음… 윽!
컥컥!!!

퍽

퍽

이런 나와 반대로
호박고구마를 더 촉촉하게 먹기 위해
전용 직화오븐까지 산 종구 씨.

고구마의
퍽퍽한 맛을
모르는 당신이
불쌍해요…

여보가 아무리
밤고구마라고
해도

이렇게 먹으면
호박고구마가 더
좋을 수밖에
없을걸요?

뭔가 곁들여 먹을 땐
퍽퍽하고 단단한
밤고구마보다는

촉촉한 호박고구마가
확실히 잘 어울려.

버터의 고소한 풍미가
달콤한 호박고구마에
눅진하게 어우러지네.

김치를 곁들여 먹으면
또 상큼해져서 좋아!

그리고 고구마의 정말 좋은 점은 온 가족이 다 나눠 먹을 수 있다는 거지.

그렇게 집은 화생방 훈련장이 되었다.

가끔은 고구마를 얇게 썰어서 오븐에 돌려 칩처럼 바삭하게 먹어요.
과자 대신 먹으면 속도 편안하고 맛있어요!

간장계란밥

친구에게 청란을 받았다.

우리 집 닭이 낳았어.

새벽 내내 울어서 내 수면의 질과 맞바꾼 계란임.

피곤…

와 이거 청란이잖아!

계란이 파랗네요?

받은 청란을 어떻게 먹어볼까 고민하다가

여보 그거 알아요? 청란은 유난히 노른자가 고소하고 진하대요.

비리지도 않고!

맛있는 계란을 가장 맛있게 먹을 수 있는 방법…

역시 간장계란밥이겠지…?

반박 안 받음.

어린 시절의 첫 요리는
대부분 계란프라이다.

으악!
다 탄다.

그리고 계란프라이를
만들 줄 알게 된 이후로
내가 가장 좋아하는 아침은
간장계란밥이 된 거지.

으른이 되고 나서는
가장 좋아하는 야식!

간장계란밥에도
수많은 갈래가 있어서
다양한 취향을
반영할 수 있지만

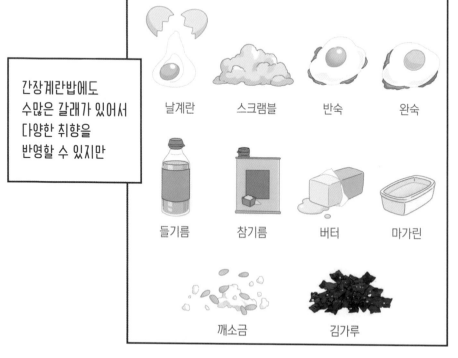

날계란   스크램블   반숙   완숙

들기름   참기름   버터   마가린

깨소금   김가루

넉넉히 두른 기름 위에
계란을 툭툭 까서 넣고

치이익 …

나는 간장계란밥은
반숙이 아니면
안 된다고 생각해.

그리고 계란은
두 개 이상 넣지 않으면
안 된다고 생각해.

나도나도.

확고한-편…!

불을 줄인 뒤 팬 뚜껑을 덮는다.

가장자리는 서서히 튀겨지듯 익어가고
윗면은 뚜껑을 덮어 생기는 열기로
살짝 익혀지는 것이다.

타다
다
틱
타닥
틱
타
ㅅ

크…!!!!
아 이거지!

숟가락으로
살짝만 눌러도 노른자가
바로 터져 나오려고 하는
상태!

밥은 흰쌀밥으로,
조금 넓은 밥공기에 소복하게
담아주고 계란프라이를
척척 올려준다.

이때 나도 모르게
노래가 나오는 한국인

쪼르륵 간장 한 스푼
그리고 참기름.

앗 조금 짠 것 같지 않아요?

밥 더 넣자.

ㅋㅋ

밥 더 넣었으니까 계란도 한 개 더 넣어.

이렇게 간장계란밥은 무한히 늘어날 수 있다.

그렇지만 이상하게도 간장계란밥만큼은 평소 먹던 양의 두 배 정도는 가볍게 먹게 된다는 것이 미스터리...

내가 이렇게 많이 먹는 사람이 아닌데.

냠 냠 냠 냠

참기름 간장계란밥은 다른 고명 없이 그대로 비벼서 잘 익은 김치와 함께 김에 싸 먹는 것도 좋지.

고소한 버터 냄새…

가끔 느끼한 게 당길 때는 참기름 대신 버터나 마가린에 고명으로 김가루와 깨를 올려 먹는다.

입맛이 없을 땐 케첩계란밥도 좋지~!

달달 상큼한 맛이 입맛을 돌게 하네.

냠-

어릴 때 생각도 나고요!

계란밥은 이렇게 먹어봅시다.

헤비하게
먹고 싶을 때
버터, 마가린
간장계란밥

평소
참기름, 들기름
간장계란밥

입맛 없을 때
케첩계란밥

요즘은 가쓰오부시 향이 더해져서 풍미를 좀 더 살려주는 간장계란밥용 간장이 마트에 많이 보이더라고요.
사 와서 맛있게 먹었습니다!

2권에서 만나요~!!

홍끼의 연말 케이크 로드

독일 슈톨렌

겉은 하얀 슈거 파우더가 눈처럼 소복하고, 안은 럼에 절인 건과일과 버터의 풍미가 가득한 빵이에요. 2~3개월 동안 보관이 가능하고 시간이 지날수록 풍미가 짙어져 더 맛있어져요. 독일에서는 크리스마스 한 달 전부터 매주 슈톨렌을 한 조각씩 먹으며 크리스마스를 기다린다고 해요.

영국 민스파이

'민스미트'로 속을 채워 굽는 크리스마스 파이예요. 이름 때문에 다진 고기가 들어갈 것 같지만 건포도, 레몬, 계피, 견과 등과 약간의 위스키나 브랜디를 넣고 숙성해 만들어요. 속이 검고 과일의 풍미가 진하며, 코끝을 스치는 계피와 생강 향이 매력적이에요.

스페인 투론

꿀과 설탕, 계란 흰자에 아몬드를 잔뜩 넣어 만드는 누가 디저트예요. 입에서 쫀득하게 부서지는 달콤한 누가와 오독오독 씹히는 견과류의 조화가 훌륭하지요.

세계 각국에서는 연말에

어떤 디저트를 먹을까요?

구겔호프는 프랑스 알자스 지방의 명물이에요. 건과일과 버터를 듬뿍 넣고 왕관 모양의 틀에 넣어 구워낸 발효빵으로, 풍성하고 묵직한 맛이 입을 즐겁게 만든답니다.

프랑스
구겔호프와 뷔슈 드 노엘

뷔슈 드 노엘은 통나무 모양의 초콜릿 케이크예요. 프랑스어로 뷔슈는 통나무, 노엘은 크리스마스를 뜻해요. 한입 베어 물면 입안에 퍼지는 진득한 초콜릿 맛이 마음을 녹여요.

뉴질랜드와 호주 파블로바

구운 머랭 위에 생크림과 다양한 과일을 얹어 먹는 케이크예요. 겉은 파삭파삭한 머랭으로 둘러싸여 있고, 안은 마시멜로처럼 부드럽고 말랑해 재미있는 식감이에요. 파블로바 위에는 주로 새콤한 베리류를 얹는데, 달콤한 머랭과 새콤한 과즙이 무척 잘 어울리겠죠?

스코틀랜드 던디 케이크

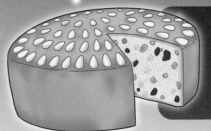

위에는 껍질을 벗긴 통아몬드를 가득 올리고, 향긋한 오렌지 껍질과 설타나를 넣어 구운 둥근 케이크예요. 견과류와 건과일이 듬뿍 씹히는 것이 특징이에요. 스코틀랜드의 도시인 던디에서 유래했다고 해요.

먹는 인생 ❶

글·그림 | 홍끼

초판 1쇄 발행일 2023년 1월 2일
초판 2쇄 발행일 2024년 12월 27일

발행인 | 한상준
편집 | 김민정·손지원·최정휴·김영범
디자인 | 김경희
마케팅 | 이상민·주영상
관리 | 양은진

발행처 | 비아북(ViaBook Publisher)
출판등록 | 제313-2007-218호(2007년 11월 2일)
주소 | 서울시 마포구 월드컵북로 6길 97(연남동 567-40)
전화 | 02-334-6123 전자우편 | crm@viabook.kr
홈페이지 | viabook.kr

ⓒ 홍끼, 2023
ISBN 979-11-91019-89-6 04810